雪候鸟

借你一双翅膀去飞翔

沈嘉柯散文精选集

沈嘉柯 著

华中科技大学出版社
http://www.hustp.com
中国·武汉

序：站在两个世界之间

我家在武汉的老城区，那附近都是高等学府。一年四季，我总能看见无数年轻的面孔，目睹流水一般的青春，日子久了，会收获很多细微动人的瞬间。

第一幕，一个梳着马尾辫的女孩看着她身边的男孩，从他手里接过咖啡，两人对望一眼，就笑了，不怎么说话，继续在树下走着。我推断，这应该是刚刚开始约会，还没明确情侣关系，但是，他们彼此有好感，一切正在酝酿，有待发生。只要谁先牵起对方的手，爱情就萌发了，在这欲言又止的时期，一切微妙又和煦。

第二幕，一个男孩骑着单车，又忽然刹车，然后又有一个男孩刹车，停在他旁边，他们相视一笑，继续骑车。两个人齐头并进，朝着南湖边骑去。

另外又有一个骑单车的男生，穿着米黄色的夹克，频繁回头，看了好几眼人行道上的红衣女孩。女孩慢慢往前走着，意态闲适，想必就是在享受春风吹面的舒畅。这个男孩的眼神，跟着女孩的倩影徘徊。但是，他最终还是加快了骑车速度，渐渐远去。那个穿着红色衣服的女孩，走在道旁迎春花的光影里面。这是第三幕。

晚上，我出门散步，有时会在人行道旁的樱花树下停留一会儿。形形色色的人从我身旁经过，曾有两个活泼的女孩吸引了我的注意，我看她们互相逗笑着，其中一个女孩背起另外一个女孩，走了几步，支撑不住又放下，继续嬉闹大笑。对"娇憨"这个词语，我第一次有了现实中的画面感。

这些质朴又美好的瞬间定格在我的脑海。许多年后，他们的人生际遇会发生巨大改变，或富贵或平凡，各自命运跌宕起伏。但那是后话了，当时那刻，最符合杜甫的那句"同学少年多不贱"。 少年的美好，他们此刻并不自知。容许我这个过来人、这个旁观者，提笔记载，为他们保存下来。

除了在日常生活中接触青少年，我还会去全国各地讲学。

我曾举办过一场社区大讲堂，来现场的听众，平均年龄超过了70岁。我与年老之人打交道，倾听他们一生的故事、他们经历历史大事件的辛酸过往，让我在书写关于生死和人生的散文随笔时有了素材。

至于我自己，已经不再年少，不知不觉间，竟已到了中年。人生的种种，我有所经历，我持之以恒地写作，把这些经历化为笔下的文字。

我倾听着古稀之年的他们，我观察着青春年少的你们。

我站在两个世界之间。

在这本书中，我愿坦诚相告，把我的所见、所闻、所思、所得，都讲给年轻的你。作为良师益友也好，作为写作参考也罢，我愿化身为桥，陪伴你走过一段路程，护卫你渡过波涛汹涌的激流，目送你走向更加广阔的世界。

目录
Contents

第一章 和你谈谈这世界

即便是在"千军万马过独木桥"的青春，也有一些旁逸斜出。人生永远不像看起来那么整齐划一。世界上还是有不同的桥，由不同的人去走。

每个人都有属于自己的青春和故事，能够抵达你想去的地方，做你喜欢的事，是最大的幸福。

002 —— 爱的三种形态

006 —— 宇宙中只有一个我

009 —— 最烂和最佳

012 —— 好为人徒的金庸

015 —— 我的文学启蒙之师

019 —— 吾师邓先生

026 —— 世界上的桥

030 —— 梦想照进现实

038 —— 追逐繁星的孩子

046 —— 你可以拥有自己想要的生活

052 —— 十年前扇过的翅膀

第二章 青春里漏掉的那些课

很多美好的事物，是深沉悠远的，也是极为珍贵的，它们的美好不是一下子就容易被发现的，需要我们多一些耐心。

058 — 对自己的心负责

061 — 青春期少废话，多读书

065 — 找我借书的童年好友

067 — 新生第一年

070 — 当我在游泳时，我在想什么

075 — 很多美好需要等待

078 — 八十八夜的茶摘

080 — 鲁迅是一面照妖镜

086 — 想改变世界，先强大自己

091 — 攒够资本再出头

094 — 相处之道

097 — 杂货铺的赠品

第三章 | 除去你心中的沙砾

带着遗憾的人生，仍然是人生。

- 102 — 我的父母没长大
- 111 — 别把伤害太当一回事
- 114 — 爸爸不像爸爸
- 119 — 家的本意是什么
- 123 — 害怕竞争的男孩
- 126 — 内向的女孩怎么办
- 130 — 拒绝了好朋友的告白
- 133 — 父母的安排对吗？
- 137 — 把鸵鸟的头，从沙子里拔出来
- 141 — 那些受伤的灵魂

第四章 坦然面对生命的来去

愿你勇猛精进，也愿你平和喜乐。在生之丰饶与死之寂寥之间，恰到好处地生活。

146 — 要不要隐瞒亲人去世

153 — 生之丰饶，死之寂寥

158 — 人死后会去哪里？

165 — 坐飞机不再担心掉下去

169 — 在奥斯维辛之后

172 — 最后的仪式

175 — 麻油韭菜的思念

第五章 | 温暖又有力量的爱

人生自有眼泪和欢笑,但我最骄傲的是,我守住了自己的初心,和所爱的人一起并肩作战,直至打败我们内心的畏惧。

180 —— 最特别的情书

187 —— 平安夜里吻过你

192 —— 手绢的秘密

195 —— 亲爱的小孩

198 —— 世上最大的孤独

203 —— 少年的我

214 —— 此生的珍宝

220 —— 俯首为猫奴

224 —— 温暖的理性

227 —— 如果感到幸福就跺跺脚

第一章 和你谈谈这世界

即便是在『千军万马过独木桥』的青春，也有一些旁逸斜出。人生永远不像看起来那么整齐划一。世界上还是有不同的桥，由不同的人去走。每个人都有属于自己的青春和故事，能够抵达你想去的地方，做你喜欢的事，是最大的幸福。

爱的三种形态

有三个新闻故事，自从在报纸上看到之后，我一直记忆犹新，十分感慨。

先说第一个。在澳大利亚一个度假村，儿童们上完网球课后，工作人员一时疏忽，将一个小女孩忘在了网球场。当他们发现人数不对时，赶紧去网球场把小女孩找了回来。小女孩因为一个人被留在了偏远的网球场，感到很委屈，哭得很伤心。

这时孩子的妈妈也很生气，但她犹豫了一下，蹲下来，拉着孩子的小手说："亲爱的，已经没事啦，这个姐姐因为找不到你而非常紧张，非常难过。但她不是故意的，现在你去亲亲那个姐姐，安慰她一下吧。"

结果，这个4岁的小女孩很快止住哭泣，擦擦眼泪，拉着妈妈的手，朝工作人员走过去。小女孩亲了亲工作人员的脸颊，说出了妈妈教给她的话，"不要害怕，已经没事了"。工作人员惊讶极了,也不再哭了。

你看,如果只是一个劲地安慰孩子、指责工作人员,那么就等于在孩子心里种下戾气和恨意,不愉快的事情被反复强调,也会让当事人受到二次伤害。

但面对别人犯下的过错,我们还可以选择宽容。"不要害怕,已经没事了",这虽然是很简单的话,但影响深远。你的确做错了,但是,我可以原谅并安慰你,你一定不要再犯了。

这个4岁小女孩的心灵,像一只小小的帆船,还没有决定航向。但她很幸运,被指引驶向宽阔的海,远离狭隘与偏执的水沟,她就容易成长为一个懂得爱与宽容的人。

事实上,所有幼小的心灵,都如同小帆船。如果你也曾与孩子相处,或者你现在就在孩子的身边,你会为他们吹起什么样的风?

或者说,如果你自己此刻还是个孩子,你愿意被什么样的风吹拂?

第二个小故事是关于美国明尼苏达州的里希克夫妇收养弃婴的故事。拉萝·里希克女士的亲生父母离婚后,母亲再婚,且她的继父对她很好,这种经历让她萌生了收养孩子的念头。

于是里希克夫妇通过复杂而严格的收养手续,向美国收养机构支付了1.5万美元,收养了一个小女孩。他们给女孩取名玛雅。

里希克女士本以写作为生,自从收养女儿后,她就不再工作了,大部分时间都用来照顾女儿。他们视玛雅为掌上明珠,还把收养那天定为"获得你"纪念日。每年的这一天,一家人都要到餐厅庆祝,玛雅有权选择去自己喜欢的餐厅并决定当天的菜式。

玛雅的人生从此改变。

后来,这对夫妇经商量决定,放弃生育孩子的念头,再收养一个女孩。对收养的孩子,里希克夫妇有没有告诉她们真相呢?

里希克夫妇没有回避这个事实,他们对玛雅解释:"你的父母不是不爱你,只是当时无法给你足够的爱,而恰好我们能够。所以,他们就给了我们这个宝贵的机会来爱你。"

里希克夫妇的意思是,他们不是居高临下地施舍爱,而是获得了爱两个小女孩的机会,并对此充满了感恩。他们把这种感恩表达出来,让小玛雅懂得拥有爱是十分重要的。

我相信他们的两个宝贝女儿,在温暖的爱中,可以放下对亲生父母的怨恨,放下被遗弃的自卑与挫折感。有了爱和谅解,她们将会健康成长,拥有更光明的人生。

第三个故事与一个14岁少年的家庭经历有关。初中生王华在给小学老师(江老师)拜年时,将一本书送给了老师。这本书没有正式出版,是王华为自己编写的,里面讲述的是他的童年往事和父母即将离婚阴影下的家庭不幸。江老师看完后感慨万分,同时心里生出一个念头。

大年初二一大早,王华的父亲就接到了江老师的电话,对方说要来拜年。见面后,江老师拿出了王华送来的那本书。

王华用略显稚嫩的文笔,写着从记事起父母对他的关爱,写着一件件幸福的小事，写着在他眼中的父母曾是多么恩爱……书中还配了插图，那些都是父母从小为他收藏起来的图画，是王华每年为全家画的全家福。

王华的父亲和母亲看着儿子的书，流下了眼泪。在之后的五天里，夫妻俩始终与儿子待在一起，每天都会讲当年"最浪漫的事"。在正月初七那天，夫妻俩决定不离婚。那一天，王华重新成为世界上最幸福的孩子。

看完这个故事之后，我为王华重拾幸福而感到欣慰。

不管是童年、少年，还是成年，幸福都是我们寻找的目标。但是，总有各种问题，使我们远离幸福，坠入不幸。这个时候怎么办呢？

设想一下，如果王华只是沉默寡言，默默地承受一切，那他能够重新获得温暖的家庭吗？显然不能。当王华把书交给老师时，潜意识里，他是在谋求爱的援助。他成功了。

爱要走的时候，我们可以尝试挽留。而挽留的办法，仍然是用蕴藏着美好生活细节的爱。争吵、冷战、敌视、彼此伤害等都是无效的，不仅无法挽留，还会加速爱的离去。一个中学生做出的努力，值得许多成年人学习。爱，只能够用爱来挽留。

这三个故事，恰好是爱的三种形态，覆盖了家庭中两代人的关系，值得所有人深思。接受什么样的爱和教育，长大后就会成为什么样的人。而大人，有时候还应从孩子身上接受爱的教育、反思自己。

宇宙中只有一个我

在宇宙中有数十亿个星系。银河系有数千亿颗恒星。太阳只是银河系中的一颗恒星。而地球，只是太阳系中的一颗行星。

当你了解宇宙的浩瀚，星空的辽阔，世界的广大，你会发现，个人的一点点烦恼能算得了什么呢？因此，内心便趋于平静了。

但是，在喧嚣的城市里，复杂的人际关系中，膨胀的欲望之下，人往往会感受到痛苦。

当你离开了"对比"的思维环境，原先觉得大的宇宙，顿时消失不见，被忽略、被遗忘在脑后。

原先相比之下非常小的个人烦恼，顿时扩大，似被放大镜照了又照，烦恼、痛苦卷土重来。

这种"世界之大，我之渺小"的宇宙观，不是不奏效，只是，好像总透露着治标不治本的味道。

而另一种宇宙观便是：地球上只有一个我。

朱德庸漫画《绝对小孩》里其中有一组讲的是：上课的时候，老师说，我们只有一个地球，所以我们要好好爱护它。披头想了想，举手说，"老师，地球上只有一个我，所以你要好好爱护我。"

只有一个我，也只有一个你，在这个蔚蓝色星球上。

所以，你，我，都是最重要的，需要彼此好好爱护，需要自己好好爱护自己。也可以总结为：爱护身体，保持健康，好好爱人，被好好爱。

说到爱护自己，我们必须好好地完成一整段的人生。在完成的这个过程中，体验是最重要的。首先我们要好好活着，其次我们尽量不要去伤害别人。在遵守人类基本的伦理道德之外，我们还应该去体验所有的快乐，去体验所有的悲伤，去体验考试失败，去体验工作落后，去体验夜半观星，去体验雨中迎接恋人，去体验等待放学，去体验用功投入，去体验失恋憔悴，去体验斗志高昂，去尽可能多地体验那些人世间的事情。与此同时，不要被这些体验所局限，沉湎其中，要像活水那样，一直流淌不歇。

每一种体验，都被赋予意义。经过种种体验，我们的人生会获得更完满的意义。

这样的宇宙观，是不是更加贴近我们的内心？

这种宇宙观丢开了治标和治本。

不必治标,因为痛苦是生命的必要构成,与快乐相互映照。

不必治本,因为我就是我,独一无二,生命只此一次。地球上只有一个我,宇宙中也只有一个我,必须爱护和珍惜这唯一的、有时限的存在。本着推己及人和人类社会互惠互利的原则,我们更应该彼此爱护。

所以,我必须好好完成我自己的人生。

最烂和最佳

　　几乎任何一个人都是这样的吧——每个孩子从生下来开始，都似块橡皮泥，被这个人捏一下，被那个人捏一下，最后成型。

　　我小时候听过一个民间传说。有的孩子从小被遗弃，丢在原野和森林里，被狼收养，结果变成了狼孩。虽然是人类的孩子，却有狼的习性。后来狼孩回到人类世界，就被当成怪物。我不禁想，这个狼孩，面临自我认知判断时，心底该有多么困惑。我是谁？我从何而来？到何处去？

　　据说这个问题很终极，让无数聪明人想破脑袋。

　　可是，一个人一生中，如果从来没有想过这些问题，那怎么算人生呢！

　　2010年，美国奥斯卡金像奖颁奖现场，有个人的发言很有意思。桑德拉·布洛克，得到了奥斯卡最佳女主角奖，也得到了金酸莓奖。金酸莓奖是一个不具褒奖而重在嘲讽的奖。她说经过了大喜大悲，想起妈妈曾经告诉她：别听他们的，做你自己就好。

你看，成为影后之前，她也收获了这样的评价。有人说你最烂，也有人说你最佳。

最烂与最佳，居然都集中在一个人身上。你不会疑惑吗？

这个世界上，太多东西真伪不定，取决于外界的游戏规则。

人只能认可自己。

被说最烂，如果梦想成为一名演员，还是要继续演，并且把最烂奖杯摆在架子上，不必逃避，只管提升自己。被称为最佳，更要好好演，回报观众。

我有时候会想：如果我是那个传说中的狼孩，会有什么心路历程。有一天我明白了，因为我的命运与其他人不同，不会拿餐具进食，不懂天文地理，那么，我必定会惶恐。

这份惶恐，只因为你不是别人认为的那个你。

你要听话，你要顺从，你要老实，你要勇敢，你要自信，你要强大，你要成功，你要考试一百分，你要吃得苦中苦，你要做得人上人，你要精明，你要杰出，你要……

你是好的，你是坏的，你是笨的，你是傻的，你很自卑，你好弱，你太失败了，你……

这些"你要"，这些"你是"，会一直存在，永远存在，它们是这个世界上不可消除的噪音。

但重要的不是"你要做什么样的人"。

重要的是，你选择做什么样的自己。

而这，需要你一点点地剔除别人施加给你的偏见，剔除别人施加给你的强迫。尽管这些施加的人当中，包括我们所爱的人和爱我们的人，但他们也未必高明。

尽管我们要经历痛苦和怀疑，但最终，我们会遇到只有我们自己独自面对一切的时候。

我用了十年时间成为一个作家，这期间，我仍然被劝告要去上班，要有社会保障，要有人际关系网，要……我也会恐惧，一个脱离体制的人，老了怎么办呢？

然而，当我发现自己的灵魂是被众多人捏造而成的，不再是最初的我，我便突然明白，我们不应该为了背负起别人的期望和意识而选择做什么，也不应该被过去的自己束缚住。我们应该为了成为自己选择要做的自己，而去背负起我们要付出的代价。

没有什么最好，也没有什么最坏，你只需要做出自己的选择。

好为人徒的金庸

我自幼喜读金庸小说,成年后每逢看到和他有关的文字,就很留意上心。前些年有篇新闻报道,是北大的一个同学晒出了手机拍的照片,赫然是查良镛的博士毕业证书。

原来金庸相当低调地去北大读博了。这事惹得议论纷纷,因为北大的同学发现金庸很少出现在课堂上,这学位,岂不是给得太随便了?

北大校方只得向社会通报,金庸的确是在中文系读博,师从袁行霈。不过,因为金庸年事已高,身体趋弱,导致他未能按计划完成学业,今年将无法拿到博士文凭。至于那张被拍到的学位证,只是按惯例预先准备好的。

此事有了解释,大众也就没怎么关注了。我却很好奇,为什么是袁行霈老先生,而不是别的教授呢?袁行霈不仅是北大教授,还是民盟中央原副主席。我对这个名字有印象,总觉得在别的什么地方还见过。

金庸这样的人物，名气太盛，地位显赫，高龄读博，虽然他一贯有好学之心，但实在是容易招惹闲话，一张照片都会弄得沸沸扬扬，一般人谁会收他做弟子啊！

有一年我参加南方卫视的一个人文地理活动，同行的有北大中文系的李铎教授。我心想，刚好可以就近问问这事，金庸为什么会选择袁行霈老先生。一问之下，李教授说，好像他们之间扯得上亲戚关系呢！

这下提醒了我，查询一番，便和以前看闲书的记忆对上号了。金庸的堂姐查良敏，嫁给了琼瑶的三舅袁行云，而袁行云的堂兄弟，正是袁行霈。

这层关系理清了，令我忍俊不禁，难怪袁教授接下了这颗烫手的山芋。

说到金庸的好学之路，更加好玩。我看聂卫平的回忆文章，说是20世纪80年代，金庸突然托人转告他，要在从化拜他为师。聂卫平还以为金庸不过是想和他学学棋，而且他也想认识金庸，于是就赶到从化。

结果一见面，金庸就要像他在小说里描写的那样给聂卫平行大礼，三叩九拜，举行拜师仪式。当时的金庸比聂卫平大二十多岁，聂卫平大为吃惊，推辞不受。

后来在回忆的文章中，聂卫平写道："我立刻阻止了他；我说拜我为师可以，但不要磕头了。就这样我成了金庸的老师，以后金庸一见到我就以师父相称。我们成了很好的朋友。"

《孟子》里有句话叫"人之忌，在好为人师"，金庸却恰恰相反，应该算是"好为人徒"，像极了他笔下的韦小宝，遇到个高手就不放过，定要拜师学艺，杂学旁收。

据说金庸在浙江大学当人文学院院长时，就有人讥讽他学问不够，他也低头纳言，"别人指责，我不能反驳，唯一的办法就是增加自己的学问。"

他少年时代因为战乱，学业屡屡中断，始终没拿到正经的文凭。晚年一路求学，在剑桥大学认真读了硕士，又读博士，然后又来念北大的博士。看来早年的人生际遇的确令他有点耿耿于怀。

很多老男人，不管成不成功，都"好为人师"，一脸得意洋洋地卖弄小聪明。金庸则相反，他喜欢当别人的徒弟。

几十年来，时代变迁，社会思潮交锋不断。很多人早年失学，后来侥幸富贵，再提起念书上学，就挺"反智"的，以为"读书无用"。像金庸这么名满天下的作家，仍然有志向学，费尽心思"为人徒"，实属难得，可敬可佩。那个一心向学的少年，几十年来情怀一直不变，是个极为正面的、值得我们学习的例子。

我的文学启蒙之师

那年的暑假极热,树叶又绿又亮,我在庞老头家里待着。高中的升学结果已经确定。出去玩吧,顶着七月炎夏凶残的太阳,人都要脱层皮。在家待着又太无聊,简直像困兽。我母亲说:"得了,要不你去庞老师那上补习班吧。"

庞老师当了一辈子中学老师,退休了好多年,在家也闲不住,摆了六七张单人课桌,只收附近的小孩子,提前教点中学课本知识。一群小孩子不喜欢上课,偷偷喊他庞老头。不认识他的人听起来,还以为他是个胖胖的老头儿。

大家都不愿在假期补习,谁想放假了还学几何、背单词?我们不过是应付家长啊。庞老头看我们无精打采,精气神儿一去不复返,就把小黑板擦干净,一边写上"人猿""泰山",一边说:"来来,我给你们讲故事吧。"

那泰山是个孤儿,被遗弃到原始丛林,跟着一群猿猴厮混,上蹿下跳，爬树抓鱼；不会讲人的语言，但身手敏捷，成为森林的居民。

这故事可比教科书好玩。我们问："后来呢？"

庞老头说："后来啊，等下次，再给你们讲。"

我们几个很不高兴，开始起哄："您现在就说啊，快点快点。"

庞老头笑眯眯的，像可爱又狡猾的狐狸。他宣布下课，踱着步子去院子后吃饭。我们一群孩子只好各自回家。第二天，我们当然是在家吃了晚饭，就急不可耐地去庞老头家继续听故事。

他两天讲一个故事，庞老头在讲故事前教我们学一点东西、写写作业。庞老头说："听了故事，可以记在本子上，再讲给别人听。"

我们兴致勃勃地听从他的意见，再献宝似的说给邻居家小孩听，甚至说给大人们听。

庞老头讲的最后一个故事，是《最后一片叶子》。而这个故事，只有我在听。

他的小小补习班已经结束，新学期开始了，我的小伙伴们都去上学了。

至于我，因为我的母亲是个多礼的人，要我拎着一盒皮蛋，送去给老师致谢。于是那个黄昏，我享有了一个人的故事专场。

我用尊敬崇拜的目光看着这个肚子里有无穷故事的老头，央求他再说一个，因为我很喜欢听。他乐呵呵地笑了，我能发现他的汗毛都在震颤,大概是很高兴有学生喜欢听他讲。

这个故事,庞老头讲得很慢:一个叫乔的年轻女孩生病住院,凄风冷雨中,孤独又绝望。她觉得自己的生命就像窗外墙上的藤叶一样,最终都会凋落,一片不剩。但是,她发现有一片叶子却一直顽强地挂在枝头。原来,是年老的画家贝尔曼偷偷在窗外的墙上画了一片藤叶。

我听得目瞪口呆,世界上还有这么奇特的故事,让人心里有一些哀伤,但又不会绝望。末尾听到叶子是画的,我怔住了。

离开庞老头家的时候,他给了我一盒云片糕。

去了学校之后,我才想起,忘记问他这个故事是从哪儿来的。我的胃口一直被吊着,要多念念不忘,就有多念念不忘。我想搞清楚故事的来源。

我打算等我从寄宿高中放假回家了,就去找他问清楚。

也不过半个学期,活了八十岁的庞老头就在这期间去世了。我看见他的子女把一屋子书清理出来,卖了。

1999年,在大学的电子阅览室,我在搜索框里输入了那个从庞老头嘴里听到的故事——"最后一片叶子"。

答案不言而喻。

当了一辈子老师的庞老头,看了很多很多书,他把他喜欢的故事说给我们听。他一定有过一本《欧·亨利短篇小说集》,因为我发现,欧·亨利写的故事,他讲了不止一个。他还讲了梳子和头发交换的故事,讲了为了把鞋子卖给不穿鞋的土著,有人打算在地上撒龙牙草种子，以便长出扎脚的草的故事……

那本我从来没见到的欧·亨利的无形之书，从他手里，转送到我这里。再后来，我也成了一个写故事的人。那个老人家是我最初的文学启蒙之师。而今回忆，原来文学在一老一少之间的流淌过程，本身也是一种文学。

吾师邓先生

1

我见过的老太太们不计其数。有些老人家我偶然碰到了，会赶紧上前向他们道一声"阿弥陀佛"，问个好，然后飞快跑掉。因为我如果不马上"敬而远之"，就得被他们念叨得头疼脑热。但还有一些老人家，截然相反，他们轻松幽默，让我难忘。尤其有位邓老太太，是个挺有意思的人。

我大学读的是法学院，上课的时候，要么昏昏欲睡，要么看着教室窗外葱茏碧绿的树木，发呆良久。我内心爱的是文学，但碍于父亲的压迫，不得不选择了法律专业。

有天上课，我特意找了一个位于阶梯教室中间的位置，打算偷偷摸摸地吃完我的早餐——三鲜豆皮和鸡蛋米酒，就开始享受我的回笼觉。

我刚刚把自己的教科书竖立起来,就听见一个洪亮的声音,那嗓门,中气十足。

"后面的同学,统统给我坐到前面来。有的同学想睡觉可以,但是不许打呼。"

我被这话逗乐了,隔着十几排座位眺望过去,看见一个小老太太。

说她小,我一点也没夸张。如果不是她的满头白发和脸上些许的皱纹,单看她的身形轮廓,就跟一个女中学生没两样。她矮矮的,大约只有一米四,身材娇小。可是她偏偏把头发留得特别长,长过了腰,束了一个长长的马尾辫。

这老太太一脸笑容,继续说:"我这个人喜欢说实话。你们想睡觉,我不反对。听我的课你还能睡得着,那是我讲得不好。学生听不进去老师的课,不是学生的问题,我保证不处罚你们。这学期开始,我教你们中国古代法制史。"

我很吃惊,心想,这老太太好牛气,居然不反对上课睡觉,顿时从心底佩服起她来。教室里的其他同学,同我一样,发出一片此起彼伏的惊叹声。

台下有胆儿肥的同学,居然还接话:"真的吗?"

老太太瞪了他一眼,哈哈笑了,说道:"那当然,我一直说话算数。你知道我是谁吗?"

第一次上她的课,大家还真不熟悉她。那同学茫然摇了摇头。

老太太也乐了:"你连我都不知道?我是你们法学院的院长。"

这下所有人哄堂大笑。那个学生很识相,赶紧坐直了,拿出一副好好学习、天天向上的样子。

玩笑归玩笑,她马上就转到课程内容:"在古代,这叫教而后诛,我们研究法律的人,包括制定法律的人,绝不能不教而诛。先得让老百姓知道法律是什么、规矩是什么,然后才能惩罚违反法律的人。"

老太太侃侃而谈,旁征博引,信手拈来。平时跟我一样喜欢打瞌睡的兄弟,这会儿也听得精神抖擞。

上了几周她的课之后,大家都对她熟悉起来。她是法学院的顶梁柱之一,名声响当当的老教授。不仅做学问厉害,给本科生上课,也不同凡响,有口皆碑。

平时听其他老师的课,仿佛是听催眠曲,但是听邓教授的课,听她讲一件又一件趣闻,夹杂着古代法律制度的知识点,实在是有趣,这觉没法睡了。

后来,我离开校园,弃法从文,对曾经学过的法律知识几乎都忘干净了。可是这个老太太的风范,一直留在我的脑海里。一个把学问做透了的老教授,原来可以这么自信,这么挥洒自如。她拥有的幽默感和渊博学识,能令你见识到什么叫学问的力量、师者的尊严,她是我见过的最潇洒的老太太。

从那时起,我便慢慢觉得学法律是一件挺有意思的事,并不都是枯燥乏味的。

2

她也会给我们讲自己的青春求学的故事。

她个子小，貌不惊人，又是女性，外出参加学术会议，免不了被人小觑。对她来说，别人看走眼不要紧，她能用实力征服同行。

本科生都是二十来岁，牛高马大，精力充沛。别看学生们平时调皮捣蛋，在她面前，就都变听话了。

她的腰不好，因为昔日读书、做研究太刻苦，但是她讲课从不坐着，从头站到尾。

这份刚毅，是一种内在的傲气。

等到要大学毕业的时候，我们的毕业论文由电脑随机安排导师。

"别的老师可能马马虎虎，懒得看那么多字，放你一马。我这可没这么容易过关，不许抄，认认真真自己写。"她把话一放出来，我们这些分到她手里的学生，吓得战战兢兢。我心里哀叹，我怎么就运气这么好呢？

不过，当时的我也算见过了"大世面"，在校内有才子之称，在中央级的报纸上发表过法学文章，还在老牌文学期刊上相当频繁地露脸。于是我酝酿了好几天，又是查资料又是打腹稿，洋洋洒洒写了五六千字，第一时间交了上去。我自我感觉良好，认为拿去发表也够格了。

但是，我的论文很快被她打回来了。她的批语是：文采很好，格式不对，像随笔，不像法学论文，要好好修改。

我十分郁闷，心想该不会栽到她手里了吧。最不可思议的是，我手把手教我宿舍的同学写的论文，反而过关了。我那位同学，简直笑得不行，请我吃了两顿饭，才平息我的懊恼。

我痛定思痛，照着她的批语逐一修改后，忐忑不安地再度交上去。这次她没有通知我什么，而我在一个月后顺利拿到学位。

后来我的一个学妹告诉我，她在图书馆里查资料，翻阅到我的论文。原来，邓教授把我的论文推荐收录到那一届毕业生优秀论文集里了。

隔年，她到了退休年纪，就卸任了。但是因为讲课太好，又被学校返聘，本科生积极主动地想上她的课。我偶尔回到学校做讲座，经过法学院，远远地，看见她和她先生在南湖边散步，有说有笑。

夕阳西斜，这老太太背着双手的样子，仍然很有风范，但她脸上的表情却是一派温馨从容。

我没有去打扰她，只是微笑着远望。人的一生，少年夫妻老来伴，跟老伴一起在湖边散步，自有岁月的温柔意味。

3

毕业八年后,我已经是个作家了,写了很多的文章,出了很多的书。有一次,《中国教育报》的编辑邀请我参与教师节专题文章的撰写,我顿时想起了老太太——我的毕业论文指导老师,法学院原院长,授课严肃活泼、个子小巧玲珑的邓红蕾教授,以及她那标志鲜明的长长的马尾辫。

我在那份报纸上发表了一些感言,写到了她,怀念这位有趣的老太太。

当时我是想借此回忆,表达对青春和校园的感情,并没有想太多。

无巧不成书,那段文字被当年的辅导员看到了,他将我的文字转给了邓教授。

再后来,我收到了一本老太太的著作,落款是她的大名,赠送给我以作留念。那熟悉的笔迹,让我想起了当年她在我的毕业论文打印稿上的批语。

2018年的春天,我找了个闲散的日子,清理自己的书架,给那些我心爱的宝贝书籍拂去灰尘,一本本地擦干净。其中有我珍藏的限量版《王尔德全集》,有朋友馈赠的《钱锺书手稿集·外文笔记》,还有老太太的那本《从混沌到和谐——儒道理想与文化流变》。

摸着老太太那本书的封皮,我心头涌上各种唏嘘,一眨眼,时光就跟兔子似的跑掉了。

而今，我已经毕业十五年了。

老太太其实是哲学专业出身，于20世纪80年代从武汉大学毕业，然后在我的母校中南民族大学任教。

其实，作家是一个非常讲究个人天分，也非常讲究缘分的职业，不管在哪个大学念书，我都会写自己喜欢的东西，这使我成为现在的自己。

而法学对我的熏陶，渗透到我的灵魂深处。我也沐浴过"法"雨，接受了忒弥斯女神的熏陶和教诲。忒弥斯，是那位手持天秤与长剑、蒙着双眼的女神，她象征着维护正义与裁决公平。

严肃和有趣，也并不矛盾。

遇到那些严肃有趣的老师，了解他们那些别致的人生故事，更是读书生涯里的惊喜。

到了一定年纪之后，我开始理解何谓"师之道"。

所有学问的背后，站着的是做学问的那个人。站在讲台上，外貌身躯不过是皮囊，有趣而丰富的灵魂，才是发光的光源。一个老师的人格魅力，永远是对学生最好的熏陶。

世界上的桥

在我的中学时代发生过一起轰动全校的事。从那天开始,女生们走起路来更加羞涩,男生们有事没事就捋头发、整衣服,还时不时照照镜子,凝视自己的五官,再潇洒转个身。还有的男生更夸张,随身带一瓶摩丝,以便随时能定出一个拉风的发型。对了,那个时候还不流行啫喱水,要是连摩丝都没有,就干脆用水抓两把。

这一切,都是因为大雄。

大雄是我们班的男生,数学很好,长相憨厚,脸上还有一颗恰到好处的痣。这颗痣如果长在嘴巴下,就比较像管账先生;如果靠近眼睛,就比较像奸诈之人。大雄的痣长在鼻子旁边,带着一点俏皮和滑稽。

我们男生一度怀疑,大雄的幸运就是来自那颗痣。给大雄幸运的,是湖北电影制片厂。20世纪90年代,看电影已是稀松平常，可是拍电影，在我们那个中学，简直是天大的事。

我们的高中迎接本省电影制片厂来采风取景，他们顺便就在我们高中选男主角。导演要拍一个关于早恋的校园故事，要求演员是原生态、没有表演经验的。女生们比较失望，因为女主角已经选好了，是个打扮洋气、来自大城市的中学生，她向学校请假后跟着剧组到处跑。

男生们排起了长队，面带兴奋，在学校里试镜。他们鱼贯而入，出来的时候，个个垂头丧气。而我压根没勇气去面试，干脆当一个彻底旁观的人。演员选了三天，只有大雄脸上挂着神秘的笑容。没多久，片方宣布男主角就是他。老师们只当此是课余闲聊的有趣话题，但对于男学生来说，可都大受刺激，尤其是平时十分注意自己形象的那几位。穿西装、白衬衫和皮鞋的甲，头发整得大风吹过也纹丝不动的乙，个高白净有几分英俊少年气质的丙，统统被大雄打败。

看起来毫不出奇的大雄，凭什么获得导演的青睐？其他男生不免气愤。确定男主角之后，电影迅速开拍，在花园中间的走道上，大雄来来回回地走。女主角靠在栏杆旁边，低着头，若有所思。大雄每经过一次，就要回头看一眼女主角，以表达少年骚动而羞涩的心。大雄第一次拍戏，难掩紧张，一直被NG，有次跑过女孩的身边时步伐太快，啪的一声，他的旧皮鞋从脚上飞出，落在两米之外，所有人哄然大笑。

就这么拍了好几天，他们连手都没拉到。多年后，读到塞林格的那句"我觉得爱是想触碰又收回手",突然理解了导演的心思。

接下来的一个月,大雄从学校消失了,据说被剧组带到省内某个山里拍摄其他镜头。回来时,大家问起大雄将来是不是要退学去省城当明星,他支支吾吾,不肯细说,忙着补他落下的功课。

隔年在校门口遇到大雄,我问出了答案。导演只打算让大雄拍一部片子,并告诉大雄好好学习。片子放映后,大雄的演艺事业也没了后续。

不过,那天下午,大雄说,他在山里看见老鹰了,天好蓝,云也白,老鹰飞得好高啊!

我依稀觉察,大雄的话别有深意。我们这些生长在平原的孩子,从来没见过鹰飞。看他那悠然回忆的神往表情,我说:"不管怎么样,我以后还是可以跟别人讲,我的同学拍过电影哦!"他被逗乐了。大雄后来考上了一所不错的大学,毕业后进入公司上班,日子过得也挺好。

再说说我的另一位同学少伟。他是那种成绩垫底,完全没希望考上大学的人,但也没坏到变成混混,上街打架闹事。少伟常常上课睡觉,到点了就飞快跑去食堂吃饭,晚自习时跑出去吃夜宵、瞎晃悠。

那天下晚自习后回宿舍,我看见少伟一个人在操场发呆,不知道在自言自语些什么。走近了,我发现他拿着一个啤酒罐,叹一口气,喝一口啤酒。我从少伟旁边绕过去,他突然叫住我。

我吓一跳，以为他想打架。我心想，这家伙看着老实，喝醉了就难说了。结果少伟拽住我，带着醉意迷茫地嘟囔："考得上考不上，你们反正有个目标，我、我都不知道以后能干嘛！我家又没什么钱。"

原来，他是在烦恼人生。我说："你可以考体院，那次体育会考，你不是跑了前几名吗？"

他想了一想，眼睛居然亮了，认真和我聊起来。约莫十几分钟后，他才走掉。谢天谢地，我顺利脱身。

当然，少伟最后没能考上体育学院，因为部队来学校招飞行员，各项体能测试，他都通过了。就这样，少伟去开飞机了，听着都很牛。

后来重逢，他给我讲那些关于飞行员的趣事。因为一直在部队，三四十岁的人，还很单纯，为一点小事，也像小孩子一样吵嘴，但很快又和我们哈哈大笑。少伟说他是来感谢我的，特意请我吃饭。不过，他要谢的其实是他自己。那场夜空下的对话之后，少伟开始练体能，天天跑步、倒立。命运垂青有准备的人。

即便是在"千军万马过独木桥"的青春，也有一些旁逸斜出。人生永远不像看起来那么整齐划一。世界上还是有不同的桥，由不同的人去走。对我来说，唯有文学是我一生的行李，随身携带，走到哪写到哪。

每个人都有属于自己的青春和故事，能够抵达你想去的地方，做你喜欢的事，是最大的幸福。

梦想照进现实

这是一个真实的故事，关于梦想照进现实，关于一个孩子如何成就自我。

1

1998年的春天，在山西一个小城，一个活泼好动的六岁女孩，独自在她家附近玩耍。

像所有小孩子一样，她做着斑斓多彩的梦，喜欢美味的食物，爱自由玩耍。不知不觉，她跑到梯田里，不小心摔下来。命运忽然闭上眼睛。

被送回家以后，这个小女孩昏沉沉地睡着，父母心急如焚，带她看医生。去市医院，去省医院，去北京天坛医院。

专家诊断结果为：脊髓损伤截瘫。

她无忧无虑的童年就此结束。

被诊断为截瘫的小女孩，跟着父母在外求医多年。

求医路上，沉重的医药费让这个小家庭无力承担更多。为供姐姐、哥哥读书，她的父母再无更多精力负担她的教育。

学校，也难以接收一个截瘫的女孩。

就这样，她与学校彻底无缘。

2

2013年的夏天，我出版了一本小说集。那些年，我的联系邮箱公布在我的个人博客上，我也因此收到成千上万的读者来信。

某一天，我突然收到一篇书评，正是关于那本小说集的。

书评的文笔虽然还带着稚气，但对我的历年作品如数家珍，特别熟悉；某些句子，甚至说中了我当时写作的心情。我心想，写得挺好，可是不大符合报纸书评的格式。

我在想，要不要修改一下，推荐发表。犹豫之间，我的目光落到邮件的末尾，我发现她附带了一小段文字简介，关于她自己。

这个女孩说，她没有上过一天学。

我很惊奇。

这是个有天分的女孩子。

我给她回信了。

3

有一次，我看一部纪录片，主角是日本的天妇罗之神——早乙女哲哉，影片讲他专心专注，把一种食物做到极致美味。

其实，作家和厨师是一回事，都是手艺工作者，不能假借他人之手，凡事必亲力亲为，且要耐得住寂寞。

天妇罗之神说的几句话，我特别喜欢："现在的人总是急于实现梦想，包括中彩票这种不切实际的事情，我认为这并不是梦想。梦想如果不打好基础，就算实现也会很快崩塌。每天脚踏实地地积累，才能成就梦想。"

2015年，我监制了一本别人的书。

这本书的作者，叫林深之，就是那个没上过一天学，从梯田摔下来，从此坐在轮椅上长大的女孩子。

她称我为老师，但其实我只是觉得她有潜在的才华，恰好遇到了价值观相同的我。

我当时这样问她："你愿意在自己真正的作品诞生之前，忍受比较漫长的积累时期吗？"

她说愿意。其实我看得出来，她惴惴不安，但她选择了这样去做。

她想成为一个作家，于是她日积月累地写。给《南方周末》的网站写电影评论，给老牌的文学杂志写散文，也给畅销的时尚杂志写专栏。

她在有了自己的书之后，仍然轻描淡写地处理自己的故事。

患病后的她，不太能活动，只能勉强蹲着不倒。有时候，她的妈妈就抱着她坐着。

她一直等待着有一天哪位医生能够治好她的双腿，让她能重新走路。

那时她住的老房子周围还没有被开发、被修建，大门前面有一大片荒地。

春天，她蹲在家门口等苹果树发芽，捡毛毛虫来玩。夏天，她蹲在草丛里等着抓螳螂和瓢虫。秋天，她等草干枯了，蹲黄土地里烤红薯、土豆。冬天，她蹲在门口等下雪……

终于，她从小孩变成少女，坐在轮椅上，度过漫长的青春期。

一个人经历过这么漫长的苦闷，失去行走的自由，选择自学、写作、投稿，慢慢等来了发表作品的机会。

她本来就足够坚持。

我相信我的直觉判断，这个女孩，就是早乙女哲哉所说的那种人。

4

但是在她的眼里，我是这样一个形象："因为我长期要向他学习请教，有很多人好像觉得，跟他的交流一定很精彩、很有趣，但其实恰恰相反，在认识他不多不少的这两年里，他给我的印象是一个非常简单的人，说话言简意赅，说完就消失得无影无踪，想要再找他，就必须在他的微博、微信都留言一遍。

"记得刚合作那会儿，我什么也不懂，为了磨炼我这个新人，他布置了很多任务给我。我非常诚恳地告诉他，这本杂志退过我很多稿，那本杂志很有名，我连试都不敢试。他很淡定且不容置疑地告诉我，"攻下它"。

"就这样，那段日子我疯狂写稿，最后成功把那些杂志写在了自己的简历里。

"不得不说，老师确实深知玉不琢不成器的道理。想起第一次为新书跑活动，紧张得不行的我，发消息问他有没有经验可以分享，他只回复了我四个字——随便讲讲。就是如此简单的一句话，让我一半的紧张都消失掉了。"

她说的都是真的。

因为写作这种事情，真的教不来。我只能鼓舞她、催促她、推荐她，但我不能代替她实现她的梦想，因为我也做不到。

谁也没办法把石头变成玉，我们只能把璞玉琢磨为玉器。

我猜，我强硬的态度，把她的潜能都给激发出来了。

5

蝉要让大家在夏日听到自己的高亢歌唱，它先要忍耐地底的沉闷辛苦。

当别的孩子花着父母的钱，嚷嚷着青春，嚷嚷着旅行，她不分白天黑夜地敲出文字。

当别的年轻人上网诉说苦闷，她在积累自己的工作履历，兼职做编辑，自己赚钱。

时间用在哪儿，世人是看得见的。

这也是我对她的褒奖，在接受电视台采访时，我也是这么说的。

她一直认真地写作，而不是让自己的经历压倒创作热情。

十月初秋时，我比她先拿到样书。那天，我用手机拍图发给她看。然后，我在微信语音里，听到她激动的欢呼。

这是她人生中出版的第一本书。

早乙女哲哉还说："世间的人总是认为能够瞬间实现的才叫梦想，但那些东西其实什么都不是。只有每日的积累才是促进梦想实现的源泉。"

这本书叫《女孩，你要好好爱自己》。

没多久，出版公司的编辑主动找到我，想要再出她的书。

她就继续一字一词、一篇又一篇地创作。点滴积累，成为实现她梦想的源泉。

某个深夜里，我和出版公司的编辑敲定了她第二本书的出版事宜。

6

我一直觉得,沉默才是最有力量的。但是沉默不代表无所作为,沉默意味着不喧哗吵闹,不喋喋抱怨,而是静静地低头做好手里的事情。

当一个人的心没有受限,哪怕去不了远方,坐在轮椅上,也仍然可以见识这个世界的广大。

这样一比较,那些没经历过真正的痛苦,却在书里无病呻吟、迷茫孤独的作者,太矫情逊色了。

我一直相信,只有真正的勇者,才能书写真正的勇敢,他们越过迷茫、矫情和脆弱,成为顽强牢靠的人。

这种人坦然面对自身的苦难,敢于书写苦难,但绝不炫耀苦难,去打苦情牌。

在她的作品出版之后,很多知名报刊报道了她的事迹。她在太原书城举办了自己的第一场签售会。

我觉得这不是命运的奖赏,这是她亲手编织、献给自己的花环。为自己的人生寻找光亮,创造光亮,这样的人,可以称之为勇者。

罗曼·罗兰在给米开朗琪罗写传记的时候说:"并不是普通人都可以在高峰生存,但是可以一年一度上去顶礼,从中可以获得日常战斗的勇气。"

拥有好看的优质作品，令磨难成为成长的一部分，这才是最令人敬佩的。

她是一个活生生的例子，让梦想照进现实的例子。这个没有被不幸击垮的女孩，开始了闪闪发光的新旅程。

追逐繁星的孩子 /

1

小辉是我大学时代的学妹。我念大三时，她念大二。她在校报做编辑，那时我发表了很多作品，拿了很多奖，她来采访我，要写一篇人物报道。

年少的我心高气傲，哪里在乎校报的采访。我反问她："你最喜欢什么书？"

她说最喜欢威廉·曼彻斯特写的《光荣与梦想》。这本书，可是新闻界的传世之作。

不少新闻系的学生就想找个好工作，这家伙却向往着成为一名伟大的记者。我很佩服，但又带着怀疑。

我们一聊之下，很投机，我很少遇见豪爽大气的女孩，于是和她成了朋友。

后来她决定考研，在读研这件事情上，她是我见过的最执着、痛苦又纠结的人。

第一年她准备得很认真，每天都去上自习，背着一大袋书和考研的资料，还有一个大的水壶。遗憾的是，那年她没有考上。

第二年她决定换个环境，当时她也本科毕业了。因为第一年没有成功，第二年她压力巨大。同学们纷纷参加工作，有的入职了不错的企业，家里人也催促她：一个女孩子别那么大野心，回县城去考个公务员算了。

当她觉得被压力逼得喘不过气的时候就找我诉苦。她说："你不是学了点心理学吗？别客气，拿我开刀，练习分析都由你，顺便给我减压。"我哭笑不得，但还是很讲义气地听她大吐苦水。

结果第二年她还是没考上，就差那么一点。她也快崩溃了，但最后决定破釜沉舟，跟那个学校杠上了。

萎靡不振了小半个冬天之后，她开始第三次攻坚战。这一次，她干脆跑到北京去，在那个学校里面租了房子。

觉得心里压力大的时候，她还是会打电话给我，我也没有什么新鲜的招数可以安慰鼓励她。我只能跟她说，要想打赢战争，身体不能垮。

她听从了我的建议，从体能上储备力量，坚定斗志。她每天围着学校里的湖跑步，然后吃点饭，再去图书馆闭关七八个小时。

我特别不喜欢"皇天不负苦心人"这句俗语,但这一年,我忍不住在祝贺她的时候说了这句话。

别的本科生同学已经工作了3年,而她成了北京大学的一名研究生,开始又一段学生生涯。

原来,她小时候的梦想是进外交部,当一名外交官。高考前,她本来可以保送至中国人民大学,却一心只想考北京大学,最后落榜,调剂到与我同一所大学。

大学毕业后,她心不甘,再度选择了特别难考的北京大学国际关系学院。这场属于她个人的战争,她整整打了3年。

在她终于读完了研究生,开始找工作的时候,又达不到外交部招人的条件了。时移世易,很多单位招人的门槛在逐年提高。

她回武汉办理户籍手续的时候,我做东请客。我问她:"最后确定去哪工作?"

她说:"《新京报》。"

我有点吃惊,这与她最初的梦想相去甚远,但也欣慰,希望她在新的工作岗位有所收获,获得乐趣。

2

当年她大四时,我已经工作了。那时候,她在《光明日报》实习,蹲坐在本地分社办公室里发愁,苦于找不到有价值的新闻线索。我上班的地方距离她实习的地方只有一百多米,一天下午,她打电话向我求助,说自己实在是绞尽脑汁,也不知道报道点什么。

我见到她的时候,吓了一跳,这家伙满头乱发如杂草,一身汗臭,比男生还邋遢。桌子上堆满了各类报纸,电脑屏幕一片空白。

我笑话她:"有必要吗?不就是写文章,怎么弄成这副德行。"

还没做正式的记者,就搞得跟民工似的。

但她很无奈,推开报纸,说她的指导老师让她自己找新闻线索,但她翻遍各种新闻,要么是一些街头巷尾之事,要么就是一些官方会议的报道。

我从事的杂志,方向偏向心理学和文学,和新闻不是一回事。我把她面前的本地报纸翻开,忽然看到一条"小学升初中择校热"的报道。我指给她看,她不以为意,说:"写这么小的事情,能通过老记者的法眼吗?更别说还要过编辑那一关。"

她不想丢脸。

我说:"新闻既要关心大事,也要捕捉那些细致入微、有生活气息的东西。大事不是天天有;民生小事,也能折射社会大风气。你试试看嘛!"

她半信半疑,真的写了。

那篇几百字的小报道,两天后上了头版。她终于有了第一个正式发表的实习作品。

万事开头难，其实难在打破心障。有了第一次发稿经验，她就放轻松了，陆续又发了好几篇头版稿。

她的个性也挺受报社老师的欣赏。她的指导老师是资深记者，问她想不想做记者，可以直接推荐她去《新京报》。她去推荐的地方待了几周，心里的梦想之火还在燃烧，还是想考研，想考北京大学。

没想到，她读完北京大学的硕士，还是去了《新京报》工作。

3

那次饭桌上，我开玩笑："你不打算结婚？现在也是过了30岁的人了，感觉怎么样？"

她笑嘻嘻，"大不了单身，当大龄剩女。我要当'深度记者'，最近申请调到深度报道部门了。"

我为她担心，劝她想清楚。别看都是无冕之王，做新闻也分很多方向。深度调查写特稿，难免要接触违法犯罪和严重事故，而这恰恰是危险度最高的，有时甚至危及生命。真实的采访过程一点不诗意，她一个女孩真的太危险了。

但她说："我想留下自己的名字啊，写出有深度的报道，你知道我就是这种人。"

她说的没错。2008年汶川特大地震，她一个女孩子，不顾危险跑去做志愿者。在途中,她遇到一支救援队伍,并协助救援队伍搬运物资。回来后,获得了一纸表彰。

这家伙野心大,成为外交官的梦想虽然熄灭了,但她心里还有另外一个梦想不曾熄灭。她要像《光荣与梦想》里的那些记者一样,寻找事实,抵达真相。

我也无法再劝她。

有一次网上曝光了某起文学界黑幕,全国一片哗然。为了采访当事人,她极力要求我去帮她要不熟悉的同行的电话。

她对我的死缠烂打快赶上我另外一个卖保险的同学了。虽然我们是多年老友,但我不胜其扰,只好把她暂时拉黑。

有一天,一个作家朋友在微信朋友圈发消息,说看到一则报道特别感动。我顺手点开,那篇新闻是记者深入某地村庄,采写的一篇关于"艾滋孤儿"的特别报道。配图里的女记者,正是小辉。

她还是学生时代的打扮,夹克外套、短发、跑鞋,搂着一个神情淡漠的孤儿。

那篇报道细致朴实,从小处入手,几乎全是白描手法,呈现了一群不幸的孩子的生存状况。她从前文字里的技巧消失了,把深情与关怀都收敛在沉静的叙述里,让沉重的现实问题自己浮出水面。

我没有打电话告诉她,你写得真的很棒,我被打动了。我只是默默地在心里说,这家伙,终于成长了,成了一个拥有像样作品的真正记者。

在我们文字行业，作品就是最闪耀的勋章。铁肩担道义，妙手著文章，且任重道远。

4

年轻的时候，人分成三种。

一种人浑浑噩噩，天天把梦想挂嘴上，上学时候翘课睡大觉，工作时候又怕吃苦，又想偷懒。一会做这个职业，一会干那份工作，还没厮杀拼斗一番就投降认输。成年之后但求稳定。很多年过去，再变成怨气冲天的中年人。光阴弹指过，白了少年头。

另外一种人很早就知道自己喜欢什么、想要什么，心无旁骛地沿着一条路走到底。大风大雪，自己一肩扛；甘苦冷暖，闷着头自己尝。最终收获的丰盛闲适，都是他应得的。

还有一种人，一开始不知道自己喜欢什么，后来呢，不知道自己适合做什么，但一路拼一口气，做一件事，尽力了还不行，才谈放弃。与此同时，也一直保持学习，为自己添砖加瓦。一直走下去，直到柳暗花明又一村。

有人浑浑噩噩，有人少年得志，有人大器晚成。

人生之旅，殊途同归。到底做什么有意义？过什么生活从不后悔？判断标准在每个人自己心中。

她经历艰难的自我认知和选择，顶着传统社会和家庭对女性的压力，三年又三年。虽未能圆一个外交官的梦想，但她在另一个重要的领域拥有了属于她自己的光荣时刻。我听说，从突发事故的爆炸现场，到重大经济案件，这些报道都有小辉的参与。

她的人生是充满无限可能的深邃夜空，而她追逐的是遥远却努力发光的繁星。

小辉同学，愿你摘下闪闪的满天星。哪怕岁月漫长，迂回曲折，你追逐繁星的过程，定不负此生。

你可以拥有自己想要的生活

十几岁的时候,谁没想过未来呢?

中学那会儿,我特别爱好文学,和其他的学生一样,崇拜作家,看当下流行的文学杂志。我很喜欢看《小小说选刊》,杂志末尾附带一些闲杂逸事。其中有一篇林斤澜回忆汪曾祺的文章,说汪曾祺"动动手指就来钱"。那时物价低,汪老随便一笔稿费,就足够大伙去味道不错的馆子"搓"一顿。

那一刻,我心中升腾起了作家梦。我的作家梦一点也不神圣崇高,完全是基于这么一个朴素的想法。写写就有稿费,可以吃好的,也不必经受风吹日晒雨打。我开始琢磨起投稿。很快,我在武汉的一份报纸上发表了一首诗歌。

后来我才发现,报社寄给我的样报,被我妈拿去擦桌子了。我哭笑不得。好在报社寄的信封还在,里面还有一张纸,解释说,副刊为读者园地,没有稿费。

虽然没有稿费，但总算发表处女作了，我增加了几分写作信心。

高考后填志愿，我想选中文，我爹一口否决："读什么中文系呀，万金油，将来不好找工作。"

"那选什么专业？"我不乐意了，中文在我心里是神圣的专业，是通往作家的必经之路。

我爹笑着说："法律好，现在的热门专业。再说到了大学，课外还是可以继续你的文学。"

我有些委屈，但也难以辩驳，我又不知道大学生活到底是怎么样的，就这样莫名其妙、随波逐流地去念法律了。然后我发现，读法律也是可以发表文章的，我大二时投给《光明日报》《中国青年报》几篇法律文章，在投稿后的两个星期内发表了。样报和稿费寄到系里，我收到时高兴坏了，好几百呢。

我在校外的餐馆把炸鸡腿、水煮肉片、酸菜鱼和饮料点齐了，请上要好的同学，一起大吃了一顿。这导致此后只要看见我的名字出现在报刊上，他们就主动出现在我面前，找我约饭。

我爹没骗我，大学是自由的，学法律不耽误文学创作。参加学校的玫瑰园诗社，我拿了省共青团的"一二九"诗赛特等奖。在杂志发表散文、小说，稿费也不少。从此我的文学创作一发不可收拾。我终于过上了梦寐以求的"动动手指就来钱"的日子，还未毕业就买了电脑，提前迈向经济独立。

2002年的年底，离大学毕业还有半年，我提前到一个心理学刊物求职。HR招聘时直接要了我,理由是法律专业的人理性,而我又能写感性的文字,招我很划算。

那时我已经不偏执了。法律也好,心理学也罢,不管什么专业、职业,不妨碍我创作文学,还能收获益处就好。

这个经验,对我的三观改变很大。

你说是感性好还是理性好?你说了不管用。对于他人来说,能兼顾最好,因为性价比最高。

每当我看到"突然辞职,来一场说走就走的旅行,换一种生活"的故事,心里都不以为然。因为这样的故事,只讲了一半,不完整。

人生如逆旅,很多人在某一刻,会涌起一种逃跑的冲动。

那一刻,你不想上班,不想结婚,不想拼搏,不想努力,不理睬社会,不关心人类,不要求鲜花赞美,不在乎诋毁;放弃一切,只想听从自己的心,说走就走,奋不顾身。

谁不想做自己呢?

可是做自己,也是一件需要可持续发展的事。社会不会惯着你、养活你。

我特别喜欢李宗盛的演唱会主题"感性与理性"。

为了获得靠谱的自由,为了过自己想要的生活,我用了八年的时间来做准备。

我开始买房,开始储蓄。我从一个对经济、理财一窍不通的人,渐渐变成一个对这些都略有了解的人。从拿到转正工资后的第二年开始，我每个月按时零存整取。

我在报纸上、网络上，看各种关于房子的研究和信息。我想，我要有一个可以自己做主的房子。当你拥有了，你就不必再去浪费心力，为这个东西烦恼了。

2005年，我在自己23岁时，买房了。

既然我有住所了，只需要按时还贷就可以了，为什么不换工作呢？那会儿我对当时的工作也厌倦了。

我的一个作家朋友很反对买房，她觉得完全可以一直租房。后来她被房东驱赶，一气之下决定买房时，房价已经成了"天价"，成为巨大的负担。她很不开心。

我一点都没有幸灾乐祸，没有那种"看吧，当时不听我劝告"的想法。选择了一种生活方式，就是选择为之付出代价。遗憾的是，她原来没有自己想象的那么豁达，无法承受人生规划发生改变时的压力。

其实人生肯定充满了意料之外的事，世界上也没有什么完美计划，但是最起码，我们可以做好自己该做的准备。

我问自己：你想要过什么样的生活？什么样的生活是你想要的？美好的？好像无法具体形容。但是，我可以从相反的角度来勾勒那种生活的轮廓。因为我很清楚，我不想要什么样的生活。

我不想朝九晚五，我不想每天都花两个小时堵在这个城市的马路上。我不想工作日起来的第一个念头是上班不要迟到，否则晚打卡会被扣钱。

我不想坐吃山空，花光了这个月的工资就没钱用了。如果生病了，都没保障。

我不想完全为了稿费去写自己不喜欢的东西。虽然多多少少要写一些交差的文章，但大多数时候，我想写让自己高兴舒服的文字。

我不想出去旅行时还要缩手缩脚，太精打细算，把攻略研究个没完没了，反复比较，找最便宜的旅馆，以至于到了目的地以后，没有真正的惊喜可言。

2007年，我辞职了。说来很好笑，给老板递辞职信时，居然同他叙起旧来。说起往日的种种相处、合作，我居然流了几滴热泪。

当我有了人生里第一个50万元的时候，我就在想，假如我完全不工作了，能不能不依赖他人，完全靠自己糊口呢？显然50万元完全不算什么，在如今的年代，并不能只靠50万元就坐在家里吃很多年。

我想要自由，可以随心所欲地写东西，又想不愁温饱，怎么办呢？

我心想，我的住处附近都是大学，再不济，出租房子，每月也能得一两千块钱的租金。我不贪心，一点点地赚钱也没关系。

2008年，我又开始看房了，买下了一套小公寓，用来出租。

那是世界金融危机爆发的一年。在售楼部，我缴纳了全额房款。当时那个销售主管偷偷地跟我说，你胆子可真大啊，现在都没几个人敢买房了。

可是别人敢不敢，跟我有什么关系？我确信，这个决定吻合我的人生之路。我笑笑，也没什么话回答那个销售主管。

2010年，我开始收租了。

一个背包，一个人，天南地北，独自跋涉，自由自在。我不必跟父母交代什么，因为我完全养得起自己，而且在沿途照样写稿赚钱。我给他们安全感，他们就给我自由，除了叮嘱注意安全，他们也别无他话。

2011年，我又去了一趟厦门，在大家都常去的那个岛屿上，轻轻松松、认认真真地玩。途中和偶遇的陌生人聊尽兴了，变成朋友，几个人当下便约定去下一个地方溜达。

我想这就是我想要的生活。梦想可以照进现实，因为我心甘情愿地付出了代价，然后收获。

这就是人生的真相。

你可以拥有自己想要的生活，前提是，你真心为自己去活。

十年前扇过的翅膀

人生有巨大的不确定性。

我从小就挺宅,不爱跟其他孩子玩。17岁那年,我在法律系的教室听到的故事,很多都让我瞠目结舌。大学时写作虽很顺利,但那也只是笔头功夫。

大学毕业后我去了一家心理学杂志就职。当时选择这项工作纯属好奇。

我并不知道,我打开了人间的潘多拉盒子,见到深深海底才有的奇异斑斓。

当时,我的单位规定每人必须值夜班,接咨询热线电话。夜晚回家不方便,会给50块钱的车费补助。

我们好几个同事不乐意,说:"为什么不邀请社会义工参与呢?"

领导回答:"社会义工没有相关专业知识背景,不像你们有基础。"

但是当时的我们，谁也不乐意在这件事上浪费时间。

不过，我又有一点好奇心。我之所以选择在这家杂志社工作，就是因为怀着对他人的好奇心。说得俗一点，其实是一种写作偷窥欲。

说不定会听到精彩的故事呢？

就这样，我怀着不满和好奇，经讨价还价地协商后，答应一周接听三次热线。

在深夜，我开始跟全国各地各样的人谈心、谈人生，听各种你想象得到或想象不到的边缘故事。但时间久了，我对一些事便司空见惯，类似脱敏。

比如常常有人打电话过来，哭着说要自杀，准备放弃一切。还有失恋的，被父母抛弃的，说自己破产的，各种故事。

有的故事，让你难过落泪；有的故事，让你愤怒。一般我接到了问题，会按照电话咨询手册的标准来回答。回答不了的，请他们明天接着打电话。

也有的人，电话一打过来，就唱歌，问我他唱得好不好听，说自己的梦想是成为歌星。我只能忍住笑，闲聊几句，建议他不要耽误他人宝贵的求助时间。

后来我又当了半年记者，一会儿飞去大城市采访政界人士，一会儿去小城市参与医学会议，一会儿又去山村了解乡村人的生活。

最终，我变成了一个见多识广的人。

后来，我去很多大学和知名企业做讲座。登台时浑然忘我，从不紧张。我自己都想不到，我当年接热线电话，会锻炼出表达能力。

那些曾让我不喜欢的、厌烦的、抗拒的人生阅历，一点点地构成了现在的我。不知不觉，居然功夫就上了身。

十来年后回顾，我发现我做过很多事情，有过很多积累。

不管是压力之下被迫去做的工作，还是因为兴趣爱好去尝试参与的事情，我都有做。

十年前的我扇动翅膀，汇成了一股托起了当下的我的风。

有一部电影叫《蝴蝶效应》，我当时当科幻片看的。但多年以后，我却有了另外的看法。男主角伊万总希望能通过改变自己的过去，来造就满意的当下。但事实上，过去就是过去，牵一发而动全身。

伊万每次回到过去，都会导致一连串的时空扭曲，事情的发展跟着改变，逐渐失去控制。

蝴蝶效应的说法来自一个气象学家的比喻，一般描述为一只亚马孙雨林的蝴蝶扇动几下翅膀，也许两周后就会引起美国得克萨斯州的一场龙卷风。

蝴蝶扇动翅膀引起风暴的概率极小，受很多因素影响。

但人生却正是由一个又一个的转折所造就的。人跟昆虫不能机械类比，人懂得汲取知识和智慧，人知道勇猛精进，人那不可思议的力量，超乎我们的想象。

我们在这世上，选择什么就成为什么。你是什么，你便选择什么。人被他人塑造，也被自己塑造。曾经做过的事情、涌出的念头，构成了此时此刻的我们。

十年前，我是一个怀有好奇心的人，我也是一个想要摆脱既定生活的人。

我放弃父亲的人脉关系，没有去枯燥的单位上班。我放弃了一个本地网站的邀请，去了心理学杂志，想搞清楚心中的各种困惑。我很早就买房，然后又放弃工作，选择自由职业。

就这样，我一步一步，变成了现在的我。

如果当初我完全拒绝了深夜接热线电话的工作，我或许就会一直埋头编辑稿子，沉浸于写作，不怎么跟外界交流。

而现在，我在一场又一场的讲座之后，成为一个演讲达人。

深夜写作带给我宁静，而讲座，让我在很多次与人面对面的现场交流中，遇到很多有趣的细节、特别的现象，甚至迸发出很多奇妙精彩的思维火花。我得以验证或思索结果，修正观点，继续累积阅历。

人本身，就是最大的资源宝库。

我们可以规划人生，并为之努力，但不该呆板僵硬地去执行规划，也不要拒绝改变。

最终，我们都会完成自己的一生。如今我很明确自己要什么，并且朝着目标的方向走下去。如果沿途还有惊喜和改变，我也会凝视它，思考它，审视它，选择它。

荣耀掌声、经济回报，都是一路走来的附属品，它们辅助我们获得更多的人生自由和内心满足。

我一直怀着这种笃定。

第二章 青春里漏掉的那些课

很多美好的事物,是深沉悠远的,也是极为珍贵的,它们的美好不是一下子就容易被发现的,需要我们多一些耐心。

对自己的心负责

　　我们读书那会儿，校服为了匹配所有学生的身材，尺码都做得超级大。我们穿着宽大的校服，整日埋头于书本。风从寒冷吹到温暖，梧桐又长出青色嫩叶，黑板上的数字继续无情地倒数，我却常常怀着羡慕的心情，眺望几百米远外的实验楼。

　　实验楼的顶层是一个巨大的教室，隔墙被打通，里面没有摆放紧凑的课桌，也没有堆积如山的课本，只有颜料和画板。用这个教室的是美术班，全班也才二十几个人。我原来也想学美术，在我看来，这是神秘且美的专业。美术班的上课时间也比较分散，因为他们的文化课分数要求比文科理科都低多了，他们的大部分时间要用在练画上，在家也要练习。

　　那天别的同学到点都回家了，只有一个女孩不紧不慢地在教室里画陶罐和石膏人像。突然她大声发问："你这人怎么老跑来偷看我们画画啊？"

我吓一跳，只好现身，走进教室里回答说："我喜欢画画，就来瞧瞧。我是文科班的。"

"那你干吗不选报美术班啊？"

"我自己也练了个把月，指导老师考察我了，说我根本没这个天赋。"我摇摇头，很沮丧。

"所以你心不死，老跑过来看对吧！"

我一边承认"是"，一边钦佩地夸奖她："你画得真好，太有天赋了。"

"那当然，我是复读的啊！文化课分数不够，得补习，我晚点回去就是等家教呢。不过你说天赋，我不同意，不管怎么样还是要勤加练习的。你看。"

她把手指凑近给我看，我大吃一惊，她的手指都绑着创可贴。

"受伤了还画？"

"练得手指关节疼，所以绑点东西，缓解疼痛。"

"我知道了，你这么拼命，不是只想读省美院，你肯定是想上中央美院吧！"我猜测。

女孩摇头："不是，因为我想有一天，可以借着画完完整整地表达我的心意。我现在还只能画好静物，画个大致的人像。美术考试考得再好，也不能真正表达我心里想的。从小外婆最疼我了，虽然有照片，有记忆，我却总是画不好她。她已经去了上面。"

她指指头顶。我"啊"了一声，若有所思。

后来我没再去实验楼。六月的一天，仿佛福至心灵，我在试卷背面写出了一首小诗，邮寄给市里的报纸。等在家里收到报纸，我才知道小诗发表了。

当高考结束，蝉再次鸣叫之时，我带着通知书前往大学。坐在大学图书馆里，我已不再彷徨。学不成美术，没关系，我写满了几十个笔记本，我四处发表文章，赢得师长同学的称赞，"你越写越好了。"

"不，还不够好。"我实话实说。

"还要多好才好？"同学问。

我深吸一口气，又不打算说实话了。我和他们开起玩笑："没有句号，只有逗号。给我加油，我多拿稿费，请你们吃鸡腿。"

宿舍的同学听到有鸡腿吃，纷纷乐开怀，不再追问。我不必告诉谁，我的心意是什么，也许关于亲人，也许关于成长，也许是四月的雨或正月的雪，也许是抬头看见北极星时，在星空之下心头忽然涌起的忧伤。

我会一直写下去，直到有一天，我可以真正写出我的心意。我们每个人，在这个世界上只用对自己的心负责。

青春期少废话，多读书

有一次，我去一所大学做讲座，短短一个小时的时间后，我收获了一个有趣的问题。

这是一个看起来挺严肃的男孩提的问题。他说："我没看过你的书，你能用一分钟，说一个让我喜欢你的书的理由吗？"

我听了这个问题，忍俊不禁，笑出了声。我想了一想，回答他说："我倒是想反问你一个问题，你为什么要喜欢我的书呢？你平时看书多吗？"

那男孩愣住了，只回答说："我平时不怎么看书。"

我猜，绝大多数作家、学者去大学讲座，大概都希望自己的作品被学生们喜欢。

而我，没有那么强烈的希望。

如果你看过我的书，觉得很好、很喜欢，那就不会问这个问题。如果你没看过,我们彼此陌生,那就会有两个选择:第一个选择是,可以去尝试一下;第二个选择是,完全不去看,没有为什么,就是不想看。

读书这种事情,本来就难以勉强。

没必要因为我来了,就要喜欢我的书。看书纯粹是私人的事,喜欢就看,不喜欢也没什么,丢开就好。如果感觉很糟糕,就丢开吧。如果不喜欢,甚至可以骂。读者买了书,有表达好恶、赞美或批评的权利。

那个男生后来摸摸自己的脑袋,也笑了。他说:"那我去试试。"

这还让我想起来,我曾去一个医科大学开读书会,校领导让我给同学们推荐书目。

要我说,读书有一个最大的真相。

在我的大学时代,我几乎不挑书,遇到什么就看什么,来者不拒。不管是《博尔赫斯七席谈》,还是泰戈尔的《飞鸟集》,不管是美国大法官波斯纳的文集,还是金庸的武侠世界,我都看得不亦乐乎。

哪怕我自己出了很多书,做过很多年的编辑,我也觉得,我读的书太少了,还远远不够。

钱锺书的妻子杨绛女士,也曾经被年轻人问过:"人生迷茫该怎么办?"杨绛女士如此回答:"你的问题主要是读书不多,而想得太多。"

我觉得，想得太多不是问题，想得多说明爱思索，如果搭配上读得多，那就没问题了。

人生并不是只有童年时才烦恼，烦恼贯穿人生漫漫路途的全程，因此我们需要用一辈子的时间去学习。

所以，读书这事最大的真相是，年轻的时候，先别管那么多，使劲看，拼命看。看到某种程度，你会突然开窍，发现文字的脉络、思想的精华，以及分辨什么书好、什么书不好，什么书可以反复看，什么书看一遍就足够了。

读到足够多，你甚至可以领悟到，为什么这个作家这样写，为什么那个作家不这样写；为什么这个作家令你悲从中来、长夜痛哭，那个作家令你明理觉悟、智力受启，还有的作家令你静默如谜，不再畏惧孤独寂寞，成为勇士。

你还能学到，为什么处理这件事有潜规则，处理那件事有明规则，以及世事怎么运行，人心如何收服。你开始发现自己真正的兴趣之所在，在某个领域继续深读，成为专业人士。

金庸写小说，虚构了一个绝世高手叫黄裳。他本是个宫廷的文官，对武功一窍不通，但他的工作是编纂道家典藏，因为害怕皇帝发现差错，干脆细心校点，一边校对，一边博览群书，不知不觉，很多年后，他无师自通，写出了一本《九阴真经》，堪称天下武学的巅峰之作。

此后无论华山论剑,还是东邪西毒,武林中的大高手都仰仗这本书,修习这本书,以实现自己的野心或梦想。

读书如吃饭。青春发育期,少废话,少挑食,多吃多读,你的心智才会充实、强壮,才会有丰富的知识背景去面对人生。

找我借书的童年好友

小觉是我幼年的好友,我们都爱看书,还常常在一起回味、讲述曾看过的故事。

他家境并不宽裕,所以他极少买书,常常去同学家借书看。跟我玩得熟了,就大半时间来我家借书看。我父母很舍得花钱给我买书,家里各种报刊图书,储量不少。

那次,有本契科夫的《儿童集》,他在我家看到一小半。天黑了,他要回家,想借回家慢慢看,但我担心他把书弄坏弄脏了。他恳求了两次,我犹豫后还是拒绝。最后他气呼呼地回家,再也没跟我说过话,一直到我搬家迁居,与他失去联系。

许多年过去,我们意外重逢。往日的小孩子都长大了,怨恨都淡忘了,聊天提起往事,我想不到,他还记得这件小事。

他无比惆怅地说:"那时我想,不要紧,我专心功课,不看闲书,努力考大学,找份好工作,赚了钱,我会把这些书一本本都买回来,尽情看!我还赌气想,以后我家要有一个大书房来放书,跟你家一样。然后每天睡在书堆里,吃饭也在书堆里。"

我带着歉意笑了:"这个愿望很美好啊!你现在实现了吧!小时候真是不好意思呀!你别花钱买,我送书给你看。我家别的不多,书最多。"

他摇头:"先谢谢你了。我家也没搞什么书房。"

我有点吃惊,反问:"为什么啊?"

他语气惋惜地说:"我现在很少看书,就只在机场、火车站的书店顺手翻翻书。但是这些书我翻着翻着就犯困,也没有买回家的兴趣。如果在十几年前,我一定看得很快活,再多也看不腻。过了那个阶段,我心杂了,静不了,又不像你,是做这行的。"

他只是遗憾,并没有对我如何抱怨,我却很难过。

小时候的拒绝,就这样埋没了他的一份热爱。那本旧书《儿童集》还留在我的书架上,当年他读到一半的书页折痕尚在,时光匆匆过去,多年前爱读书的少年,如今已经不读书。

旧书不过是旧书,被什么人读,在什么时候被读到,于人都另有一种滋味。时空转移,人的心境也变化了。

与他重逢之后,我仍然大量买书、读书,读过的书,除了特别有纪念意义的,其他书我看完即赠。上百本书,赠给未曾谋面的读者或学生,赠给友人……

新生第一年

成为大学新生的第一个学年,辅导老师把我们班上的人召集到系会议室,给每个人发了一张空白的试卷纸。

他说:"来,每个人写写你对大学四年的安排,想要达到什么目标,完成什么理想。"

我转着圆珠笔,在那张白纸上写:我要过英语四六级,过计算机二级;我要拿奖学金,我还要评校"三好";我得多参加社团活动锻炼自己,我还得和同学之间搞好关系。

写得差不多了,我扭头看看左边的女生、右边的男生,他们写的大致差不多,无非就是多写上了"辅修第二学位""考上研究生",诸如此类。

等到学生们踌躇满志地写完了,辅导老师收上去,锁进柜子,冲我们笑道:"等你们毕业的时候,咱们再对照着看看,实现了多少。"大家应着"好啊"。

很快，我们从搞不清楚东南西北，到摸清楚了大学的里里外外：图书馆里增加了电脑，可以去上网；大学生活动中心每个周末都办舞会；新建的食堂比老食堂的菜要给得多；期末考试千万不能挂科，但那个副教授讲课方言太重，让人昏昏欲睡；世界杯开始了，系主任的课也有不少人敢逃；拿奖学金的要请宿舍的兄弟大吃一顿，这样上课被点名的时候才会有人帮忙代喊"到"；网游开始普及的时候，寝室里白天基本上没什么人。

不过，也总有同学崭露头角，和其他人拉开距离，功课很好，能力也强，素质更佳。演讲、辩论、歌唱、舞蹈、踢球、写诗等，大家在不同领域各领风骚。

渐渐地，真的都忘记了，那些纸上写过的东西。

毕业终于临近。时间呀，就像白色的骏马跑过缝隙，你只来得及看见一道影子。

整个年级分为两个大班，负责我们那个大班的辅导老师，在毕业时又召集我们开了一个会。那些写满目标理想的纸发下来的时候，有人难过得想哭，有人默然，也有人无愧于心，面带微笑，估计是当年列出的目标都圆满完成。至于我，我大概完成了七成，有点唏嘘，有些遗憾，也有些伤感。

那一刻，大家似乎忽然意识到什么叫长大，长大原来是从前的自己和当下的自己，一起被摆在眼前。

这时辅导老师忽然冷不丁地开起玩笑来："你们这些猴子，四年读下来——你们自己大概看不到，我是一点一滴地看得很清楚呀——一个个终于变成了人。"

这话真奇怪,怎么理解?

"有的女生啊,大一的时候,吃完饭嘴都不擦,嘴角还带着油光,就到办公室来找我问事情。男生呢,胡子也不刮,邋里邋遢。现在呢,女生基本上学会打扮化妆,男生也知道穿西装衬衫,皮鞋擦亮,胡子刮干净,头发做个造型。大家进化了,都有了人样。"

那一刻,我们都笑了。

毕业多年后,当我回望新生第一年,思考得更多。熏陶其实是由内而外,又由表及里的。我的时髦室友跟我普及了衣服怎么搭配会显得帅一点,擅长写文章的我教会了同学怎么写论文;从农村来的孩子玩熟了电脑和手机,城市娇生惯养的孩子学会了宽容、忍让他人……我们是怎么从毛躁青涩的小孩,变成像样的大人的呢?

那些列在纸上的东西很重要,那些没有列在纸上的更重要。我们都曾是学生,进入社会的时间也许有早有晚,但那些更重要的东西,是每个年轻的我们成长为大人时绕不开的必修课。

当我在游泳时,我在想什么

在我的大学时代,体育课让所有同学都很头疼!

我们的体育课程一共有22个项目,跑步、跳远、单杠、双杠、投篮、游泳、踢毽子等,甚至还有倒立和武术。有的男生体能很不错,而且还是学校足球队的队长,上课时自信满满,结果踢毽子没及格。有的男生长跑非常厉害,但是下了游泳池,怕水怕得就跟落水猫一样。

至于我自己,踢毽子也没有及格,但是连我自己都没有想到,我游泳及格了。

在此之前,我一天游泳都没有学过。体育老师教了我们几个动作后便要求我们下水。一个班30多个人,根本没办法一个一个地好好教。之后体育老师说,只要能够浮起来,游到对面,哪怕是狗刨式游法,也算及格。

就这样,我自己摸索着学会了游泳。我就像一只青蛙,笨拙地游到了对岸。

毕业之后的十几年里,我夏天常去游泳。每次游完都全身疲倦,坚持得非常辛苦。但我又想坚持游泳,因为游泳的好处太多了。我常年写作,比较缺乏有强度的全身运动,肩膀、颈椎、手腕过度疲劳,肩周炎、颈椎病、肌腱炎,通通都有,而且随着年岁增加,这些病痛越来越严重。游泳恰好可以一定程度地改善这些病症症状。

讲到这里,你可能以为我要强调的是坚持锻炼身体,其实,我想说的是我遇到的一个真实的故事。

某年,我家附近开了一个全新的游泳馆。这个游泳馆号称全自动净水循环,并且冬天寒冷时候,放足量的温水。

一次,我在这家新开的游泳馆里面游了1000米,一身疲惫地爬上了岸。我对自己说,又坚持运动锻炼了,累也值得。

旁边那个年轻的救生员男孩终于忍不住了,他跟我说:"我看你常常游泳,是办了卡的吧!"

我说:"是啊!"

他接着说:"但是我看你每次都游得好辛苦,是刚刚学的吗?"

我有点不高兴:"怎么会呢?我游了十几年了。"

他说:"那你是不是感觉游得很吃力?"

我吃了一惊,点头说是。

他告诉我:"因为你用的动作姿势错了啊!"

我心里在想，这小伙子该不会是想推销他自己的教练课程吧！我常常在健身会所遇到这种教练。只要你继续跟他聊天，他就会跟你推销，并告诉你课程如何收费。

我倒不是觉得不应该收费。每个人的劳动都有它的价值。我只是知道这里面有很大的水分，以及我对人性有所了解，大多数人都很不喜欢自己在按习惯做事时有人在旁边指指点点。而且交了钱以后，也很难坚持下去。

像我这么讨厌运动的人，能够坚持去游泳，已经是莫大的奇迹了。要是让我再交钱去上什么课程，比如游泳课，最后肯定是要浪费了。

这个救生员说："你可以找教练上游泳课，学一下正确的游泳姿势。像我们都是体育学院毕业的，可以教你。"

我就笑了，心想果然如此。

我正打算拒绝他，他已经直接趴在地上，一边演练动作，一边解释应该怎样划水。

这是个很年轻的男孩，估计他脸皮太薄，虽然公司培训了怎么搭讪推销，但他还不好意思死缠烂打。而且他熟知正确的游泳动作，对我的错误游法，实在是看不下去了。

"动作不要太匆忙，换气的时候等待3秒钟，利用水的浮力，浮上来换气。"

"划水的时候，大腿要收拢，小腿要打开画圈圈。这样才能保证下半身的重心一直在下面。"

我照着他教我的游起来。

第一次觉得别扭,还有点手忙脚乱。

第二次纠正了换气节奏,但是没有纠正小腿姿势,导致更加费力。

第三次都纠正过来了,但还是没能找到那种感觉。

我休息了10分钟,他下水又示范了一下。终于,第五次的时候我找到了感觉。

啊,不知不觉,我居然游了二三十个来回。最后上岸的时候,全身很舒服,并且觉得精神抖擞,一扫过往的疲惫不堪。

直到有了这次经历,我才真正地喜欢上了游泳。

原来,我可以专注地游泳,得到锻炼,精力充沛,并且不累。以专业的办法去做一件事情,就能从中得到快乐,得到良好的回报,这样一来,我下一次去游泳,根本就不必强逼着自己去。

人有一种心理上的惯性。因为害怕被骗,干脆拒绝进一步学习;因为害怕改变,害怕丢脸,就拒绝专业指导,情愿用错误的方式持续下去,变成怀抱偏见的人。

但想要学习正确的东西,就需要克服偏见,克服心理障碍。

如果我继续用错误的方式游下去,我的写作职业病并不会缓解,反而会加重。

有一种惯常的说法叫"听过很多道理,却依然过不好这一生"。

道理就像正确的游泳姿势，是外界施加的。如果我的心门深锁，听了就听了，还是会错过。

对人生态度的省悟，对行为认知的审视，则是打开内心的钥匙，让我觉察自己的深层问题之所在——原来是我的行为模式和内在认知有些僵化了。

哪怕是在游泳姿势这么一件很小的事情上，我游了十五年之后，机缘巧合之下，我才得以真正地修正。

掌握了认知方法，我仍然是不完美的，还可能会犯错，但我对自己的纠正，令我有机会成为更好的自己。

生命是活的，唯有流动，才不会腐朽变质。有一颗柔软之心，才能去接纳和调整，少一些僵硬与顽固。

很多美好需要等待

我住的小区，是新城区里修建的第一个住宅小区。我当时是第一次买房，本地的现代化住宅业才刚刚发展，什么样的房子好，大家都没有经验。

我在看房的时候，第一眼的印象是那儿有好多我不认识的树木。玻璃窗的窗框是墨绿色的，墙壁的贴砖是黑巧克力色的，看起来有一种非常奇妙的沉静感。我在各城市旅行，没怎么见过这种颜色搭配。门口也种满了各样的植物，空气很好。

我一眼就喜欢上了这个小区，从此把家安在这里。

三年后，阳台前面的栀子花全开了。浓郁的香气，惹得小区外面的人循香来摘栀子花。

五年后，小道旁边的晚樱开了。黄昏时，风吹过来，花瓣如雪片一般飞舞。那些时刻，我常常看呆。

七年后，柠檬树结出了柠檬，枇杷树长出来枇杷。邻居们常去摘金黄色的果子，小孩子也跟随去捡，年轻情侣在树下拍照。

我心中很好奇：这个小区的设计师是怎么想的？很多人不认识这些树木，一开始看不出其中的玄机，有些人就抱怨，黑夜或下雨的时候，特别容易迷失方向。直到花开了，树木结出了果子，人们才格外喜悦。

武汉是个火炉之城，当年矮小的树木长大长高，我们住在里面一片清凉。小区内的平均温度比小区外要低上好几度，夏天的空调费都省出来不少。

我忍不住在网上搜索，用小区的名字加上设计师三个字。非常意外，我居然找到设计师的博客了。这个小区最初的设计师是一个苏州的女孩。从建筑系毕业以后，她在一家设计公司工作了两年，紧接着接到了这个小区的景观造型项目。

她在自己的博客里写道，想把自己真正的第一件作品做好。她是苏州人，很喜欢自己家乡的园林，于是她用树木做了很多布置。这就是当初很多业主抱怨容易迷路的原因。

她想要营造一个鸟语花香的氛围，给未来的小区居民一个惊喜——有枝繁叶茂的大树来遮阴，同时拥有采摘的小乐趣。于是她想起了多年生的果树，要求开发商种这些暂时看不出效果的果树。

起初她设想的是贴红色的墙砖，在某一栋楼做试验后，发现红色墙砖跟绿色的窗框搭配起来不协调，就同开发商协商，铲掉了红色墙砖，换样品，用黑巧克力色的墙砖做搭配，顿时显出效果，非常耐看，这和她绿化设计中使用的大量绿植也相得益彰。

她甚至劝说开发商，只要做得精致好看，一定不愁房子卖不出去，住进来的人一定能感受得到的，所以再利用空地，再加一个游泳池和一个网球场吧。开发商觉得成本高了，她就反将一军："你们推销时也有卖点可以介绍，涨价也有理由啊！"

那个年代，游泳池和网球场都是很少见的住宅区配置。最终，开发商被她和实际的效果说服了。

看完了她博客里的工作手记，我特别感动。原来那个露天游泳池，还有网球场，是这么争取来的。

许多年后，我们纷纷享受到了她最初的设计心意。除了我，小区里的人可能没有人知道她。我甚至也不知道她的真实名字，因为她写工作日记的博客上用的是网名。

很多美好的事物，是深沉悠远的，也是极为珍贵的，它们的美好不是一下子就容易被发现的，需要我们多一些耐心。

八十八夜的茶摘

我曾经写过一篇散文,提及世界上一些颜色的细微差别。色彩学里,会用具体物质将这个世界的表现颜色做分类、命名。有一家日本公司,出品了500种颜色的铅笔,并且给每一种颜色都赋予了一个名字。

那些名字念起来,有朗诵诗的感觉:日本海的渔火、杨贵妃的梨花白、彗星的传说、故宫的夜、八十八夜的茶摘、朝露打湿的牧场、京都的屋根瓦、长谷寺的牡丹……

大部分的名字,我都心领神会。只有八十八夜的茶摘,我不是很懂。当时不求甚解,也就跳过去了。

有一天我买抹茶,才知晓如何区分抹茶和普通绿茶。原来抹茶是要采取特定时期的绿茶来做的,并不是所有的绿茶磨成粉,就是抹茶。

在日本,立春之后的第八十八天夜里,茶农要抢收新茶。时间早了或迟了，茶叶就达不到最好的口感和色泽。

　　茶叶的色泽取决于叶绿素的含量，口感则取决于茶多酚、氨基酸和一些芳香物质的含量。春天阳光温和，夏天阳光强烈，直接影响这些物质的产生比例。

　　立春后第八十八夜是茶叶的色泽和口感取得最佳平衡的时间。这个时候采摘的茶叶，可以制出鲜美碧绿、味道浓郁的绿茶，再用这种绿茶研磨成抹茶粉。

　　这种抹茶，用水冲开，绿得特别鲜明艳丽。那家日本公司对铅笔颜色的命名，如此细致精确又充满诗意美感，令我叹服。

　　一个人的心用在哪里，世界是看得见的。哪怕短暂时间内看不到，年深月久，当我们的心智足够成熟，所知足够丰富，就会越来越感知到美，觉察出创作者深沉的用心。

鲁迅是一面照妖镜

我小时候读鲁迅,只觉得好,却不知道好在哪里。长大了,沉默欢喜、悲哀愤怒、日常省思,这些统统经历以后,才明白鲁迅好在哪里。鲁迅特别实在,是一面最好的镜子。

1

有一次回家,看见一个女生抱着东西进小区,门卫大姐在跟旁人说话,这个女生顿时发火了:"你怎么回事,怎么不主动帮我开门?你有没有素质,你这是什么服务态度?"

这个女生站在门口,堵住了我们后面的人,然后用本地方言甩出了一大串难听的话,指着那个门卫大姐骂,说她不够体贴,一边骂骂咧咧,一边说要去投诉。门卫大姐只好委屈地解释。

站在我后面的人纷纷劝说她:"算了吧,走吧走吧,小事情,门卫也是偶尔疏忽。"

那个女生进了门,走出了好几十步,沿途还在骂:"乡里人就是没素质,一看就是没文化。"

作为一个旁观者,我有些不安。

我常常从这个门出入,就我的观察,这个门卫大姐平时挺热心的,看见老人会主动帮忙开门,看见带着小孩的妈妈推门不方便,也会主动帮忙。

那天下午,门卫大姐只不过是在跟旁边的人说话、登记资料,没来得及看见那个抱着东西的女生。何况从安全角度来说,业主出入,应该自己使用门禁卡,而且她抱着的东西并不多。于情于理,门卫大姐都没有做错什么。

鲁迅的《一件小事》里,写"我"外出,坐的人力车,车夫路上撞到一位老妇人,"我"不以为意,叫车夫快走,车夫却把老妇人送到了警察局,好检查伤势。

于是"我这时突然感到一种异样的感觉,觉得他满身灰尘的后影,刹时高大了,而且愈走愈大,须仰视才见。而且他对于我,渐渐地又几乎变成一种威压,甚而至于要榨出皮袍下面藏着的'小'来。"

那个女生恰恰缺少一面镜子。如果她能够照见自己的言行举止,就会发现真正缺乏素质的,其实是她自己。她觉得自己是城市人,于是对门卫大姐充满了居高临下的傲慢,她觉得自己有文化,所以完全意识不到自己的粗口大骂极为无礼。

伟大的作家就是他们自己的镜子,他们特别警惕,常常检视、反省自己。我们寻常人,没有那么高的自省力,常常需要他人作为镜子,以自我检省。

此后我时常提醒自己,生活中,千万不要像那个女生一样。

2

我去超市买东西,刚刚结完账,就发现少了一个五连包泡面,应该是被站在我前面的一个老太婆偷了。她只买了一盒豌豆,结完账了人却不走。我拿出手机买单,转身才发现东西被偷。

我忍不住在微博说,这可是实打实地遇到"坏人变老"。

结果,我看到这样的评论——"你的这条微博让我着实看扁了你。想一想,哪怕老人真的偷了,你至于发微博到这样的大众平台上来谴责她吗?老人偷东西是不对,但你有问过她为什么要偷东西吗?她有没有迫不得已,被生活所迫呢?"

如此是非不分,真让我瞠目结舌。

好在,大部分的人是清醒理智的。一个粉丝就说出了真相:"通过指责受伤害的人不善良、不宽容,来满足自己善良美好的虚假自恋。不过一旦有人这么对他,他会比谁都愤怒,他的逻辑是,我如此善良美好,你还要伤害我。"

因为这事,我又想起鲁迅来。鲁迅说:"损着别人的牙眼,却反对报复,主张宽容的人,万勿和他接近。"

这一次,鲁迅像一面厉害的照妖镜,照出了人性中恶劣的一部分。提醒我们要明辨是非,不做老好人,也不要被那种故作宽容的人欺骗。因为那种人,常常是让你慷慨,他自己占便宜。

你在生活里吃亏了,旁边还有人说,你干吗计较,你小心眼。这个时候,你就明白鲁迅是多么真实诚恳了。

我们不可能完全消灭这种恶劣的人性,但我们可以做到"万勿和他接近"。在生活中,勿与他们争辩,保持距离,远离他们。

3

一次我应邀去汉口的一家咖啡馆做读书分享会,当天我提到,作家要经济独立才能人格独立,一定要多赚点钱,要有规划。

结果,有个听众骂我铜臭,认为作家不该谈钱,谈钱特别庸俗;她很羡慕咖啡馆的店主,穿着优雅的旗袍,谈吐不凡,风采迷人。她也要做那样的女人。

我哑然失笑。

那个咖啡馆店主,也曾是一名作家。她曾经是国企职工,后来辞职去了私企,又辞职做自由职业。一路走过来,她凭借勤劳的写作赚得买房资金,而且她还很有经济头脑,卖掉了旧房子,买了更好地段的新房子。

事实上,在我和店主的对话中,店主明明白白地强调了,人生一定要掌握经济自主权,要赚更多的钱,尤其在艰难的时候,更要主动为自己争取更多机会。店主讲述了自己有规律地写作、赚钱、谋生的经历,她逐步积累资本,从武汉到深圳,又回到武汉,最终开了一家咖啡馆。

这些经历分享,都被那名听众直接忽略了。她只看到店主的优雅旗袍、脱俗的文艺生活,却刻意避开她的辛苦工作。

换句话说,那名听众沉浸在愉快的空想中,她只想要优雅脱俗,却不想去付出交换优雅脱俗的代价。她只想穿美丽的旗袍,而不愿意聆听店主是如何靠自己的双手赚钱,走南闯北,流汗劳作,再去买美丽旗袍的。

在过去的年代,鼓起勇气辞职离开国企,是要背负极大的家庭压力的。靠写作买房,也是极其不容易的。优雅脱俗的生活,并不是天上掉下来的,而是以充足资金为基础的。

鲁迅说:"梦是好的;否则,钱是要紧的。钱这个字很难听,或者要被高尚的君子们所非笑,……自由固不是钱所能买到的,但能够为钱而卖掉。"

鲁迅还说,"……为准备不做傀儡起见,在目下的社会里,经济权就见得最要紧了。"

我深深地觉得,许多年后,这话还是那么实在,鲁迅仍然没有过时。你能否过上好的生活,极大程度上仰仗你的经济实力。

按部就班地读书长大的孩子，大学毕业了就要自力更生，再啃老就太丢脸了。没有读大学就闯荡江湖的年轻人，更要早早地靠自己的双手吃饭，没有一纸文凭，能力、本事更加重要。

这个时候我们就明白了，赚钱是多么重要的事情。你给予自己安全感，你争取自己的自由度，不当寄生虫。当父母老去，你才有能力去照顾他们。

我们应当坦然地谈钱。金钱不过是工具，是我们用来保障自己生活、保护我们的自由的条件。

古人就特别真诚，说："君子爱财，取之有道。"君子也是爱财的，只不过是靠堂堂正正的劳动、清清白白的手段得来的。

我们称鲁迅为大先生，因为他坦荡真诚的文字、犀利靠谱的思想是我们最好的老师，他让年轻人学聪明，变得实实在在，而不是被虚假所欺，被伪善所瞒。

我们活在世上，特别需要鲁迅这样的镜子，这面最好的照妖镜，明亮如雪，照见人性，促人深省。

想改变世界，先强大自己

20世纪末，我初入大学。有一天，我趴在学校的湖边写诗，一个男生凑过来搭讪，把我的诗要去看了，夸得天花乱坠。于是我对他好感顿生，问他是否也喜欢文学。他回答我，他喜欢英文写作。

这可真是"高大上"啊！然后他还告诉我，在高中的时候他就给BBC投稿，还被采用了。我对他可真是刮目相看。我们因此成了好朋友。十年当中，我帮他"修改"过很多次文章。

伴随着时间的检验，我发现当年他说的在BBC发表文字的事情完全不可靠，根本就是不靠谱的吹牛。就是这样一个人，很让人讨厌不是吗？

然而……与对方渐渐熟知后，我了解了更多。

他在中学时代路过家乡某个角落时，看到了一名弃婴。他抱着孩子回了家，他的母亲决定收养这个孩子。这是个女孩，原本可能会夭折掉,但是遇到了他,他带她回家了。小女孩拥有了两个哥哥和一个母亲。他是单亲家庭的孩子,早些年父亲抛弃了他、弟弟及母亲。

大学时他到处兼职,食堂里的纸杯,他也会收拾然后拿去卖废品换钱,他打多份零工,自己付学费、买电脑。他是整个班上第一个买电脑的人。

他赚钱供弟弟上大学。那年我去北京参加《中国青年报》报社的笔会,他弟弟去火车站接我,我才知道他弟弟居然上的是学费高昂的北京服装学院。去年再见到他收养的小姑娘,长大了许多,活泼开朗,口齿伶俐,她的理想是去银行工作。

认识他十年,学习如何与这样的同学做朋友的过程里,我实在是获益良多。

大约是在2004年,我去他的办公室玩,惊奇地看见他桌子上堆了很多报纸和官方文件复印件。我看了一下,全部都是本市相关的内容。有未来二十年本市的地铁规划图,有科技开发区的投资曲线,有很多楼盘方位。

就这样,大学毕业后的第一年,他买房了。

我信任一个做出决定前认真谋划、研究的人。作为一个作家,我几乎毫不犹豫地跟着他的选择,买了房。

这十年里,他买了四套房,我买了三套房。我们靠自己的工资积累,无法大量投资,只能一步步精打细算、稳扎稳打。在眼光和规划能力上,他可以说是个高手。

他当时不只是没有积累，基本上就是穷光蛋一个，所有的钱都是东拼西凑的，这让他过得极其精打细算。在我一生之中，从来没见过另一个人像他这样的精打细算。

多年以后，我在连岳的一篇文字里读到他翻译的一个美国学者的观点，都在我这位同学身上恰好得到印证。

这个美国学者是尼克松和里根的顾问，他的观点是：一般人认为下等阶层是由于失业及低收入造成的，但事实是相反的，是下等阶层的品质导致其失业和低收入。上等阶层的品质有三个：

1. 自我约束能力强；
2. 更看重未来；
3. 愿意为更好的未来牺牲当下的快感。

我的这位同学自我约束力极强，每一年的开支和入账，都被记录得清晰无比，一目了然。他的目标是成为千万富翁。他在循环利用信用卡付首期、向亲朋好友借钱的过程里，还要每个月还房贷、上班和读研究生。面对这种精神压力，很少有人能坚持下来，他就是坚持下来的一个。

这么说起来，他似乎很苦。但其实，他又是个极其狡猾的人，他只是不花自己的钱，从来不放过各种饭局和打折促销活动，吃喝玩乐也没落下。

那些地段的房子后来翻倍升值。当时他的四套房子总价值两百万，到今天总价值已经接近五百万了。这些房子现在用来收租，房租一年一年涨起来，还完房贷，还有纯收入。

他读完硕士后读博士，然后在大学任教。从普通一本院校毕业的他，成为中国著名高等学府的博士。

这只是大学毕业后的人生中的第一个十年。他的千万富翁的人生目标，指日可待。

十年前，他是同学里最穷的；十年后，他是同学里总资产最多的。我们且不谈有家庭背景的人，只谈个人奋斗，他算是一个很棒的例子。

回到当年的时代背景，房子是很便宜，但是有多少人抓得住这样的机会？不关心社会经济，不知道自己所在城市的未来规划，不愿意吃苦忍耐的人，根本就不会也不敢下手。

说回我自己，在那三个品质上，我达不到他的高水平。我是个文艺工作者，有感性和散漫自由的一面。

但是毕业至今，我保持了一年十几万字的写作量。同时我在报纸、杂志社都工作过，任职过编辑、编辑主任、主编等。我第一本书出版是在2005年，到2015年，我已经出版了26本书。从学生作者到知名畅销书作家，我也是抱着信念，一步步向自己的目标靠近。

鲁迅这样的大文豪，一生写了1000多万字。刨开青少年读书时期，他的职业写作期按40年算，他平均一年能创作近30万字。那个年代还都是手写稿子，有的还是毛笔字呢，多不容易啊。

朝着自己的道路走，有计划地走，你会更快地抵达梦想。我在我的散文集里就说过，正是因为有房子，有收租，有不断提高的稿费收入，我才得以维持自由自在的生活。

物质财产满足我们的需求，理性知识强化我们的谋生能力，而文学艺术则慰藉我们的心灵，让我们更好地理解自我和他人的喜怒哀乐，成为更好的人。

你此刻的付出，决定了你未来成为什么样的人。

没有人可以保证你一定实现梦想，但是实现梦想的，总是那些持有了不起的品质的人。

哪怕你的出身寒微，你改变不了世界，你还可以改变自己，让自己生活得更好，让你所爱的人、所珍视的事物，更好地存续。让未来的自己，不悔现在的付出。

攒够资本再出头

　　大学里的专业也与毕业后的工作选择相关。你如果一时找不到理想的工作，暂时先找了一份不喜欢的工作，做的是自己不喜欢的事情，你打算怎么办呢？

　　幸好，工作不会强迫你，你是可以自己决定去留的，只要你自己承担后果就可以了。

　　以前我写过一篇小短文。

　　有个外国孩子叫艾伦，他9岁的时候，在南达科他州祖父的农场里，开始了他的第一份工作——赤手去捡牧场上的牛粪饼！一般的孩子都不愿意做，艾伦做得好极了，即使这看上去实在不算好工作，但他很认真地在做。

　　一段时间后，艾伦的祖母开着一辆福特车，来学校接他。祖母告诉他说："艾伦啊，祖父就要把你想要的新工作给你了。你将拥有自己的马匹去放牧，因为去年夏天你捡牛粪时表现得极其出色。"这是他在工作岗位上得到的第一次提升,他很开心。一个小小的信念也在他脑袋中生根发芽。

后来,艾伦成为南达科他州一名每星期挣1美元的肉铺帮工,这份工作仍然枯燥,但是他的原则很简单:先做好,这样肯定会得到提升的,然后就能够摆脱掉这份工作了。

果然,一切按照他想的发展着。他赚了一笔小钱,摆脱了体力活儿。然后,他去了美国著名通讯社——美联社,成为每星期挣50美元的美联社记者。

很多年过去,那信条他一直坚持着。努力,获得提升,最后,他成了年薪150多万美元的首席执行官。

艾伦·纽哈斯后来是报纸《今日美国》的头儿。回想起自己的童年生涯,他只是感叹了一句:"如果你干的是一件恶心的活儿,请认真干下去,而且尽量干好,你八成会得到提升,然后就再也不用干那样的活儿了,这比当个无用的人胡混下去强多了。"

发展心理学研究中有一个经典的实验,称为"迟延满足"实验。实验过程大致如下。

实验者发给一些4岁儿童每人一颗好吃的软糖,同时告诉孩子们:如果马上吃,只能吃一颗;如果等20分钟后再吃,就给吃两颗。有的孩子急不可待,马上把糖吃掉了,而另一些孩子则耐住性子,闭上眼睛或头枕双臂做睡觉状,也有的孩子用自言自语或唱歌来转移注意力、消磨时光,以克制自己暂时的欲望。

这个实验用于分析孩子承受延迟满足的能力，而所谓的延迟满足，就是能够等待自己需要的东西的到来，而不是想到什么就要什么，这是一个很通俗的解释。

"研究人员在十几年后再考察当年那些孩子的表现时发现，那些能够为获得更多的软糖而等待得更久的孩子要比那些缺乏耐心的孩子更容易获得成功，前者的学习成绩要相对好一些。"

在后来的几十年的跟踪观察中，研究人员发现有耐心的孩子在事业上的表现也较为出色。也就是说延迟满足能力越强的人，越容易取得成功。

即便你不爱你的工作，只要你坚持到可以超越这工作，就可以摆脱它了。你忍耐做好工作的阶段，成为你的积累阶段。毕竟对于大多数人来说，不可能一开始就拥有自由选择的资格和余地。

谁不想做自己喜欢的事？当你的忍耐力强大了，你才可以获得越来越多的能力和自由，去做你喜欢的事。先忍耐，攒够资本再出头。

相处之道

有段时间很多要点菜的饭局我都不参加,因为实在是太讨厌某些行为了。

讨厌哪些行为呢?

比如有人点了一道蟹黄豆腐,这时会有人说:"脂肪高啊,胆固醇高啊!蟹黄都不是真蟹黄,都是咸蛋黄啊!"

而若有人点了一道麻辣鸡丝,则又会有人哭丧着脸抱怨:"那么辣,吃了上火,喉咙痛,我不能吃辣,别点了别点了。"

那吃什么?这个菜那个菜换来换去,站在餐桌旁边的服务员强忍着怒火,表面上是热情的微笑,其实不知咬牙切齿多少次了,白眼简直要翻上天。

就这么折腾来折腾去,大半个小时过去了。丝毫没有界限感的人,不仅浪费了时间,还惹人烦。

别人点的菜,都来自别人自身的需求,你点的菜,是来自你的需求。为什么会分不清楚界限，要去干涉其他人的点菜选择呢？

人在幼儿时代最受呵护，所以家里的一切都围绕着他转，从而看不到别人的需求存在。

人长大后，如果心智还没"长大"，就会保留"幻觉"，觉得自己还是宇宙中心而不考虑他人的需求。

你不愿意吃苦瓜，但有的人却爱吃苦瓜，你不让他吃苦瓜，他觉得你莫名其妙。

好的人际交往是有界限感的，正如"甲之蜜糖，乙之砒霜"，只有认识到人和人之间的不同，各自的需求也不同，才能找得到那条彼此友好相处的分界线。

近年来，我又参与了一些饭局。跟朋友们见面聚餐，为的是热闹。不过我倒是学聪明了，只跟那些相对成熟一点的人吃饭。

因为成熟的人容易有共识，一人点一个自己爱吃的菜，别管别人点什么，反正AA制。这样总算兼顾了说话交流和各自的吃饭口味。

别人点的菜，你喜欢吃就吃，不喜欢吃就别动筷子。

据我观察，有些人，口口声声说厌恶某些菜，别人点了，他们又夹一筷子，吃一口，然后嚷嚷好难吃。

这样的人简直可恶。

不管是亲人还是熟人，抑或是普通朋友，彼此间有界限感，大家才能友好相处而互相不侵犯。

虽然喜好有别,但我们未必就水火不容。只是做朋友归做朋友,我绝不会因为你的喜好,而放弃我自己的喜好。你也不必因为你的喜好,去管我喜欢什么。

希望这个世界上有界限感的人越来越多。希望通过点菜,人们也能修缮自己的人格,学会相处之道。

杂货铺的赠品

　　我几乎是突然之间发现小区里面有一个杂货铺的,里面的东西摆放得杂乱不堪,货品也跟小区外便利店里的大不一样。

　　起初我发现了卤肉。那个时候老爷爷和老婆婆还在一起看店。卤肉是老婆婆按照她家乡的风味制作的,跟我在餐厅里面吃到的卤肉口味不一样,有种醇厚的香味。后来我妈妈去买,她们交流过,原来这里的卤肉多了一道传统程序,被稍微熏制过。

　　可惜,好吃的卤肉如昙花一现,后来就没有了。

　　后来我又发现了菜包子。说来很逗,我从杂货铺的冰柜里拿鸡胸肉,看见包子就顺便拿了几个,打算回家后做水煎包。

　　老爷爷笑起来,说这是他自家做来吃的,我要买就五角钱一个。

　　有天晚上,便利店都关门了,超市也关门了,还下着雨,只有这家杂货铺的灯还亮着。我家的冰箱空了,我忙碌了一天,不知不觉已是半夜,整个人却还陷在忙碌后的焦灼当中。

饥肠辘辘的我打着雨伞去买零食。在杂货铺里躲雨的两只流浪白猫主动朝我叫唤了两声,老爷爷也冲我打招呼:"你好啊!"

我仿佛没那么焦躁了,买完食物,拎着一大包东西,慢慢地走回家。雨滴在树叶上平缓敲打的声音,如同舒曼的曲子。

其实这个杂货铺是老爷爷家的客厅改造的。我去一趟杂货铺,只不过是从我家的楼栋,走到附近的楼栋。

我不知道是他的年纪的确非常老了,进入了生命当中最温和的阶段,还是他本就是一个这样和蔼的人,从年轻的时候就如此。我所在的城市武汉,本地居民以个性火爆出名。很多七八十岁的爹爹婆婆性格仍然大大咧咧的。

杂货铺的老爷爷只是守着他的店,度过他的晚年。没有什么工作压力,也没有什么盈利目标,更没有业绩要求。他就在店里坐着,有时候抽根烟,有时候弓腰驼背地在货架之间徘徊。

他的妻子,那个很擅长做卤肉和菜包子的老婆婆,去另外一个城市帮儿女照顾小孩了,于是这一年多,店里都只有这个老爷爷。我也是后来才搞明白为什么卤肉和菜包子会突然消失。

我一度觉得他太寂寞了。每次去店里,他都要跟我打招呼。他从来不会跟顾客锱铢必较。我有时候忘记带零钱了,就隔天再给他送过去。有一回,他还额外给我的家人一盒饺子,那是他自己包的。

除了问候一声,与我们聊上几句,他的话并不多。不攀谈、不问东问西,偶尔会提示我,店里有几种蔬果是新鲜送到的,如果我需要添加点葱蒜,就自己拿。

就连流浪猫,他也是有空就喂一下,不逗弄,也不打扰。人和猫,互不黏腻。

我知道,总有一天,这个店铺会变样的,或者是不在了。他的子孙没有兴趣看守这么一个杂货铺。这个小小的店铺,更像是他们为了使自己有点事情做而开的。

我心中的疑问,也有了答案。他青春时代当过兵,还曾因年轻气盛地给人提过意见,最终遭受报复,失去了工作。几十年过去,他仍然是一个善良的人,没有被戾气仇恨所控制。

如今所有的东西我都可以从网上买,快递外卖极其方便,人不愁没吃的。

然而有些东西是标准化的便利店永远不会有的。连锁便利店整洁干净,长相亲和的店员,他们是在为老板打工,所以无论如何亲切地微笑,脸上都带着一股疲倦。

我希望杂货铺一直都在,它像是一种默契的陪伴。老爷爷在,这个杂货铺就会在,两只流浪的白猫也会在。落雪的天气,下雨的天气,烈日暴晒的天气,我都会去杂货铺随便买点什么。

我总会去买点什么。因为无论我买点什么,他都会附赠我一份平静。

第三章

除去你心中的沙砾

带着遗憾的人生,
仍然是人生。

我的父母没长大

来自"小棠"的信

叔,我觉得我活得很压抑。我的家庭背景应该说不错,我的亲戚朋友无一不是"白富美""高富帅",几乎没有什么"普通人"。

从小母亲灌输给我的就是"近朱者赤,近墨者黑"的理论,我跟谁交朋友,她都会问对方家里是做什么的。我曾有一个朋友,也是我的邻桌,她父亲是开出租车的,我母亲就去学校,让老师把我和她分开,告诫我不能和这种人在一起玩。那女孩其实挺好,就是比较矫情,有时候任性了点,但是为人还是不错的,对我也比较义气。

我母亲经常会拿一些人做反例,告诫我要好好学习:"你看你那个舅舅,我们家就属他成天游手好闲,到现在都快三十岁了,还找不到女朋友,这种人就是人家挑剩的、不要的。"然后问我:"你是要挑,还是要被挑?"

这些观念,大概从我上小学时就开始被灌输了。我深谙社会弱肉强食的道理,所以我开始学着做一个强者。在我们家,做一个"普通人"是没有任何话语权的,也没什么人会陪你聊天。

但我现在就是一个弱者,因为我的成绩并不是很理想。我母亲一度问我以后想干什么,我一直不敢说。后来上了初中,我鼓起勇气跟她说我想做插画师,结果被她嘲讽了。她说一天到晚画画,上得了什么台面,能认识什么人,赚多少钱啊?

后来我换了一个目标,那就做珠宝设计师吧,既可以做我喜欢的事——画画,又可以满足"上得了台面"的要求。

我现在在某市重点中学的一个区示范班级。老师管得很严,不管什么考试都会有排名,老师还会做一个幻灯片,每个人名字后面写着他的分数,对应着这分数能够上什么样的学校。

这个学期结束时,我的排名进步了118名。但我没有得到任何鼓励,只有嘲讽。他们说你不要再掉下来,你看你以前就进步过然后又退步。

两年前我是个焦虑症患者,但没有接受任何治疗。我的家人认为我只是到了青春期而已。我从来不会跟他们发脾气,我的母亲经常冤枉我,我都是用很慢的语速和她沟通,但她觉得那都是狡辩。往往是她声色俱厉地骂我、踹我,我哭着求她听我好好说话。

我上各种各样的辅导班,暑假一个月的补习费是三万元。父母总是一边说为我投资了多少多少钱，一边又对我说你不要有压力，然后用一种我认为很嘲讽的神情看我。

我不想辜负他们的期望。我已经去世的爷爷曾是某银行行长，我的父亲年轻时是所谓的"富二代"。后来我爷爷去世，我父亲再无上进心。我母亲一直很后悔嫁给我父亲。如今我的父亲也逼着我，他陪着我上课，给我买好吃的、用的、穿的。

但是我基础很差，学得很累。我父亲经常很失望，然后逼着我看书，让我做各种各样的练习册。我知道他是为我好。现在是暑假，我每天都是8点起床，然后马不停蹄地出去上课，直至下午6点。回家又要写作业。

有时候我早饭和午饭都没得吃，但我没办法拒绝我父亲，我只能抱着半抗拒半接受的态度。他要跟我讲题我会听，但是讲完了我会立刻远离他，我怕我再听下去，下一秒就会崩溃。

对我好的人很多，我无以回报。但是我真的活得太压抑，对我越好，我越怕对不起他们，压力越大。

我从小到大身体都很差，患慢性胃炎、胡桃夹综合征、气血不足。我常常生病，我的母亲对此非常厌烦，我每次生病都免不了被各种训话。

前几天一个朋友和我一起上小班课，老师教的是我们没有学过的内容，我的接受能力差一点，有点懵，我以为是自己忘了。然后练习做下来，效果很差，我又被训斥了。那个时候我的父亲和我朋友的父亲坐在旁边听。

下课的时候朋友的父亲说我说不定只是没有他女儿努力罢了。我觉得这个话对我来说太伤人了。他的女儿真的没有我努力。

期末期间，我每天都是早上5点起床，晚上2点睡觉。但我的父亲仍然非常失望。我对自己也很失望。

我很累。不是上课累，或许是压力太大了。我的母亲事业上是一个女强人，她工作上一有不顺心，就迁怒于我。我知道作为女儿我应该理解她，做一个贴心小棉袄，但是谁又来分担我的怒气？

我还要装着天真无邪，去面对那些人。我是那种上一秒还在哭，下一秒就可以对你笑的人，不然我不知道要怎么办。我不想把事情复杂化。我对不起他们，我应该承担。

我的数学一直不好，我爸为此做了很多努力，但是我现在看到题目根本没办法冷静思考，只想撕了它。

我该怎么办？只有25天就要开学了，我不想荒废，自暴自弃，功亏一篑。这场仗只能赢，不赢就是死。

我有个很好的朋友跟我说：你这么努力一定会成功。我现在莫名觉得这话很讽刺。

我被母亲骂过畜生，赶出过家门，在早自习的时候被她叫到学校门口指责过。但是一切的一切都被一句话抹平——她是为你好。

所有人都是为了我好，我对这些"对我的好"，感到惶恐。

我的回信

我们的人生中,除了会常常遇到"别人家的小孩"这种说法,我们自己心里也会有"别人家的父母"这种想法。

别人家的父母,虽然提供的物质生活一般,但多多少少比较温情,也不会每天都让人火大,逼着你成功,逼着你学习,让你痛苦崩溃。

想一想,的确很心酸。命运何以如此不公?你现在的烦恼,我只是看完信里的文字,也会觉得难过悲伤。

长大以后,我们不得不承认,别人家的好小孩,的确是存在的,别人家的好父母,也是存在的,甚至别人家的好父母和好小孩,是一起出现的。开明和睦的家庭里,孩子的性格也会相对平和温柔,成长也顺畅一些。

但是,这不意味着我们就只能认命。其实,多年的文学生涯中,我遇到过很多跟你有一样感受、一样成长遭遇的孩子。知道了这一点,也许你会舒服点。

所以,我想这样回答你。

1.关于学习

首先,如果每天早上5点起床、晚上2点睡觉,还是考试成绩不如人,那么也许是学习方法错了。中学时代的课程,只要掌握了考纲之内的那些知识点,考一个中上成绩还是不难的。

其次,你过度透支身体精力,非常疲倦地去考试,难免考得不好。早饭和午饭都不吃，大脑缺乏能量，根本没法好好运作，怎么学习、做题呢？营养跟不上，身体就跟不上，这是恶性循环。要好好吃饭，适当运动。哪怕被父母念叨，你还是要说清楚，你没吃饭。这是青春发育期的大事。

还有就是，你很可能是迫于父母压力，让自己看起来非常努力，结果效果并不好。

方法错了，就要修正方法。

2.关于父母

很多父母的人生，看起来非常成功，其实是失败的。这一点，他们自己是不会承认的，但你心里明白就好。

你说自己是个焦虑症患者，其实你的焦虑，来自于父母，他们把他们自己的焦虑转嫁给你了。这一点，你也非常明白。你努力像大人一样去安慰父母，却没有人来哄着你。

父母采用了糟糕的方式和最亲的人相处，是因为他们没学会好的相处方式。

你可以跟他们坐下来好好谈一谈。你会发现，一开始他们很暴躁，觉得你一个小屁孩懂什么，但你只要保持平静，认真说出你的感受和看法就好。不要哭诉，也不必责骂、抱怨。

正是因为只会抱怨、责骂、哭诉，一些父母才成为糟糕的父母。你提到你过世的爷爷担任过较好的社会职务，这样的成长背景下，你的父母可能会接受官场文化的教育，接受名利权贵圈子的熏陶。甚至说,你爷爷那个年纪的人,可能在家里说一不二,唯我独尊。因为一家子人都仰仗他才过得富裕、优越,享受了他赐予的好处,所以父母子女难免都压抑自己。

这种压抑,也传递到你这一代。

你的事业型的母亲,也许小时候就跟你一样,被外公外婆逼迫着变成优秀的人,要出人头地。

你还小,还只是个中学生,但你也可以学习用成熟的态度和方式和父母展开沟通与交流。

这个做法,并不是百分之百有效的,可能有五成效果,但已经很不错了。

如果理性平静的交流你尝试了多次,他们仍然不接受,那么你要考一所学校,然后离开他们,重新开始自己的人生,不管这学校是否足够有名。这不代表你不爱他们,或对不起他们。

你自己过得好,本身就是最大的说服力。然后,你可以回过头再去陪伴他们,甚至安抚他们。

父母们见识了这个世界的残酷,远比孩子们更加胆怯恐惧。拥有金钱、权力之人总是山外有山,遇到更加有钱有权的人,比不过的人就会臣服,这是成年人的恐惧。

比如你口中称叔的我,也一样有这种成年人的恐惧。

人之所以会恐惧,也是因为不能接受自身的弱小和无力,但我们只能接受,然后尽可能地改善现状。

3.关于挑选朋友

家庭条件不好或一般的孩子,也是可以与之做朋友的。跟什么样的人做朋友,重点看其个性,比如讲义气、性格平和的人,就可以做朋友。

大人喜欢用金钱、地位、名气等来衡量人与人之间的关系,这也没错,因为这种判断标准方便有效。

但有钱的人不一定支援你,地位高的人性格不一定好,名气大的人可能与你为敌。所以,复杂的成人世界里,还有另外的规则需要琢磨。

我们能做的,就是找到朋友的优点并与之相处,而不是完全把自己封闭在一个小圈子里。

再说一下"都是为你好"这个说法。有一年新闻报道某地游客在岸边发现了一只乌龟,出于好心,他们把乌龟送回了大海;但过一会儿乌龟又爬了回来,他们就把乌龟远远地抛进了大海。

但是,那是一只淡水龟,到了大海里必死无疑。

后来我以这个新闻为素材写了一篇小说。这个例子,很像现实生活里的我们。我相信大多数人都渴望成为更好的人,更好地对待亲人,但理性的方法更加靠谱。理性相处代表着更加深沉久远的爱。

最后我想说,因为压抑而叛逆,因为痛苦而逆反,我们总是想着成为跟父母不一样的人,但往往不知不觉中就变成了和他们一样的人。

  只有极少数人真的会变得跟父母不一样。这种人是这样做的——别怀抱恨意，别企图改变他人，哪怕是对自己的父母。善待自己，成全自己，发展好自己。有余力时，照顾好你身边重要的人、你爱的人。

别把伤害太当一回事

我的同学阿松有个叫小雨的妹妹，五年前，这女孩才七八岁。那年春节，她突然来敲我家门，说是要给我拜年。我一琢磨，立刻明白了，她那个老哥故意让她来要压岁钱了。我就故意说："你给我拜年啊，那我也跟你说一声新年好！快回家吧，来，给你一包饼干。"

小雨接过饼干，嘴巴一嘟，开始撒娇："我哥说啦，不能光嘴巴拜年，我还没拜完呢。"我一愣，就看见这小女孩从背后拿出一个布垫子来，飞快趴下，给我一连叩了三个头，嘴巴里说着特别甜的吉祥话，笑容也甜，一脸乖巧地注视着我。于是，我转身去拿钱包。

又过了两年，小雨念中学了，人长高了，成了一个亭亭玉立的少女，完全不是小时候鼻涕耷拉的小丫头模样了。我和阿松，还有她，还有阿松的另外一个弟弟，一起在树下的草坪上晒太阳、玩扑克。她和我们嬉笑逗闹,帮着自家人出牌打赢我。

我问她长大了有什么志向,她说要当银行白领,因她功课还不错。

我仔细地观察她的眼睛,眼神很清澈。我问阿松:"她还想读大学吧?"阿松说:"当然啊,我妈的门面在赚钱,我弟弟也结婚了,在我们学校上班,供她上个大学没问题。"阿松回过头,冲小雨说:"嘿嘿,到时候好好赚钱孝敬老哥。"

阳光温暖,让人犯困,小雨打着哈欠回答说:"肯定啦。等我赚到钱再说,哼。"

谁看得出来这对兄妹没有血缘关系呢?阿松父母离异,兄弟两个跟着母亲,那些年过得极为困苦艰难。至于这个小妹,是阿松中学时在路边捡到的女婴,一个被遗弃的孩子。

小雨很早就知道自己的身世,他们一点也没对她隐瞒。但这女孩的眸子,乌黑明亮,没有半点晦暗,没有小心翼翼的收敛,也没有要默默报答收养之恩的沉重。

至于阿松,他和他母亲从前的确怨恨那个抛妻弃子的男人,但随着阿松渐渐长大,毕业、工作、买房、赚钱、独立,境况开始好转,一家人也变成热爱生活的人。

阿松某一次问我能不能写写他的事迹,小雨在旁边插嘴:"我也要参加,我来讲……"

看着他们如此轻松随意地讲出往事,我太佩服了。阿松和小雨这家人,算是活明白了。该高兴就高兴,该骂就骂,该吵架就吵架，该撒娇就撒娇，积极向上，只要是有利于过好日子的事情，那就去做，甚至大大方方地展示生活中那些伤痕，并不在意旁人是否给予怜悯同情。

人生的一个真相是：把伤害太当一回事的人，都活得不好。

爸爸爸爸不像爸爸

来自"小进"的信

沈叔,我爸把我买的书全部当废品卖了,一共有两百多本,其中还有你的书。你说我该怎么办?其中还有几本我都没来得及看啊!

我现在只希望能够一本一本地买回来,那是我攒了几年的书,就这样没了,我还希望能留给我未来的孩子啊!但是一本也没有了。

我好想和他断绝父女关系,只要我妈不给他烟钱,他就卖我和哥哥的东西。他上个月才把我哥的笔记本电脑卖了,我哥直接拖着行李箱离家,去学校住了。

这次他触犯了我的底线。两百多本书,每本都是我的最爱,现在全没了,我真的好想揍他。这事你可以写到你的书里,书出来之后,记得跟我说一声,我好买来给他看,顺便恭喜他火了,因为他不配做我的父亲。

我在学校和男生打架，回家跟他说，他都不理我，还说这是我妈的事。呵，是不是很好笑？

我妈从来不用他的钱，他每次花完工资后就问我妈要，说是借，一次也没有还过。

每次我妈说要离婚，他都说让我妈给他二十万才答应。去年过年时，他因为我们吃火锅没有给他调配蘸酱就离家出走。今年我想转学，他不答应。我妈受不了他，上周就去外地了，我赌气，就没有去上学，他呢，直接就没有回家。

前天他回来了，问我为什么没有去上学，我没有理他，他之后也没有理我。昨天，他打电话问我妈要钱，我妈不给。后来他看我去上学了，就卖了我的书。

我哥在读大学，只有暑假和寒假才回家。因为他，我哥提前一个月去了学校。

我一个人在家，没有去上学，他只问了一句，之后就没有理我，我也不敢同我妈说。

然而，他明天又要走了，我独自在家，是死是活对他来说并不重要，现在我准备让我妈回来，帮我解决上学的问题。

说实话，我妈独自一人撑起这个家，真的好不容易。我现在在试着写小说，准备当一个网络作家。他自甘堕落，即使我没有什么大作为，也不会步他后尘。未来的一天，我要为自己而活，再也不回这座城市。

我的回信

在你心中，爸爸一定很不像个爸爸，他的种种行为幼稚可笑，不仅完全没有扮演好父亲的角色，而且还像一个讨厌的"弟弟"，吃火锅没给他配酱料，就离家出走。

在你的家里，除了哥哥、你、妈妈，还有个需改头换面的"弟弟"。这个"弟弟"不承担子女教育责任，也不承担家庭陪伴义务。你妈妈不找他要钱，他干脆反过来找你妈妈要钱。想离婚，就要给他钱。

生活中，有很多的"老男孩"，即使有了儿女，但心智和脾性都像十几岁的小男孩。我收到的来信故事里，你不是唯一有这种境遇的，你还有很多同病相怜的伙伴。

这些老男孩"长不大"的原因普遍有两点：第一，这样做很舒服，占便宜，有好处；第二，有人承担了职责，甚至过多地承担了职责。

我很好奇，你的妈妈出于什么原因不要你爸爸的钱。女性或许会将这种行为误解为是争一口气，不靠男人，不靠老公，也可以养家糊口。但是，这也相当于放弃了要求你的爸爸分担家庭职责的权利。

于是，你的妈妈成了一个极为辛苦的女人。

如果一个男人结了婚、有了孩子，也不需要改变自己、改变原先的生活态度，还可以自己的工资自己花，顺便找妻子要钱花，孩子的成长问题、教育问题也不用操心，那他一定过得很轻松快活。

在快活和辛苦之间，你的爸爸本能地选择了快活。

有句老话叫"慈母多败儿"。你家里多出的这个"弟弟"，可能是上一辈造成的。你的奶奶和爷爷可能宠溺你爸爸，他就长成了一个只会享受而无法再去照顾他人的男人。等到他结婚，你妈妈也无法改变他，他自己更是毫无作为人父的自觉，不肯成长，只爱他自己。

重男轻女这种观念真的养坏了很多男孩。然而事已至此，你妈妈被迫自己扛起全家，你也被迫承担更多。

我不知道你有没有创作小说的天赋，但我觉得你可以试试看。如果能够赚到钱，就坚持下去。

但我觉得，写作是一个可以在读书之外兼顾的事情，尤其是在大学阶段。我的大学生活就是在读书、勤工俭学和写作中度过的。

我倾向于你还是告诉妈妈，你选择读书。

父亲需要承担的责任很多，在实际生活里，大多数男人勉为其难，还有一部分男人，完全不及格。

很多孩子对于这样的爸爸怀着执着，哪怕是长大了，也始终对他抱有一种爱恨交加的矛盾与纠结心理。一边渴望他某一天幡然醒悟、重新做人，变成温厚可靠的父亲，让自己可以再如孩童般伏在他肩膀上，一边又痛恨自己不死心，为什么对这样一个

"渣爸"还留有幻想。

会不会步他后尘，其实不重要。重要的是，你要消化自己心中的执着。人生的不圆满，体现在很多方面。有人是亲情不圆满，有人是工作不圆满，有人是健康不圆满，还有人，是这些通通不圆满。带着遗憾的人生，仍然是人生。

在父亲存在感不强的家庭，母亲会有较强的话语权和影响力，尤其是对女儿来说，这会影响到她未来对男性和婚姻的判断。你要记住的是，只要双方能够大体上比较独立自主，又能够彼此分担照顾，就是适合在一起生活的。

家的本意是什么

来自"名名"的信

家,对你来说是什么?所谓的港湾?心灵的栖息地?

它是否对你来说只是一个疗伤的寄托地?你什么时候会想家?

——心里委屈的时候,寂寞的时候,孤独的时候。你快乐的时候永远不会想到要回家,你只想在外面玩个通宵,然后回家休息。

我刚上大学的那几天,跟新朋友玩得昏天黑地,对新环境好奇得不得了,想家的情绪从不曾跳进心中一秒。我潜意识里认为想家是因为过得不好,我不要过得不好。有一个朋友一直跟我倾诉说想回家,说她在大学里各种不适应、不开心、不如意。我问她旁边的女孩:你想家吗?

那个女孩一脸的不理解,摇着头说:"不想啊,为什么要想家？"

然后我俩瞪着眼，看着那个想家的人，一同说："看吧。"

这说明我们玩得很快乐，我们顾不得想家。

十天以后，我看到那个信誓旦旦地说不想家的女孩更新了一条动态：第一次想家了，真委屈。后面加了个"哭脸"的表情。

她发这条动态之前，跟我们班里一个女生发生了点矛盾。其实是个误会，但是当时闹腾得挺厉害的，班里发声的学生没有一个是帮着她的。她受委屈了，被冤枉了，所以想家了。

那个家里待着两个人，每天勤勤勉勉地工作，只为了让你好好生活，他们每天都念叨你、想念你，每天眼巴巴地等着你回去。

他们的世界里都是你，而你呢？

你的世界里是什么？爱情？朋友？灯红酒绿？

形形色色的东西组成你的生活，他们只是被你遗忘的角落，并且你几乎没有联络。

我的回信

小孩子在外面受委屈了，第一个反应就是跑到父母身边，寻求保护。大学生在学校遇到难题，觉得委屈了，就想家了，觉得世界上只有爸妈好，外面的世界真糟糕。就连家里的小猫被外面的流浪猫欺负了，也会找主人撑腰——这是我养猫的一个小发现。

但当我家的小猫长大了，母猫就开始驱赶它。因为不这样做，小猫就不会成长，无法学会独立生活。

家就是这样一种存在，有温暖，有甜蜜，也有限制，有痛苦。

动物在幼年时需要被抚养，因而依赖父母，尤其是母亲；长大后就离开大家庭，自己组成小家庭。人类比其他动物高明的地方在于，人类还会记得亲情，会回馈和赡养父母。

爱情、朋友、灯红酒绿，是我们自己的生活。自己赚到了钱，自己去享受与好友欢聚的快乐，自己去享受谈恋爱的乐趣与悲伤，合情合理。

年轻时候的玩乐，尤其是在学生时代，更多是为了逃避空虚寂寞，发泄过多的精力，很快就会厌倦。工作之后，娱乐消遣是为了平衡、放松身心。

总之，要先学会独立，掌握生存技能，学会与他人相处，而后才能更好地赡养、照顾父母。

想象一下，当父母老了，孩子的心智还没成熟，与人打交道都困难，情况会有多糟糕——去医院不能和医生好好沟通，关键时刻不知道如何抉择、如何医治，要不要承担手术风险。更别说经济不独立、收入有限的情况下，很多人只能忙于赚钱吃饭，甚至无法赡养父母。

因为这份爱，所以要尽力去长大，让自己的翅膀变硬、变大。以后遇到委屈，要学会自己和同学处理好关系。要吃一堑长一智,也要多读书,能预知风险。这样你才有能力在父母年老的时候庇佑他们。

父母当然极为关注你,但他们也得学会放手。因为你也会有你自己的孩子,然后你尽力关注自己的孩子,同时努力兼顾赡养老人的责任。

赚钱谋生是极不容易的事情,以至于很多人顾不上给父母更多的陪伴时间。

你会在各种电视剧和古典小说里看到这样的情节:罪大恶极的人遇到要结果他性命的侠客时,跪地求饶说自己"上有老,下有小",求侠客怜悯,放一条生路。

"上有老,下有小",是成年人都明白的人生艰巨责任。

人生中有陪伴,也有分离,有老家要怀念,也有新的小家要诞生。我们当然会想家,哪怕七八十岁,到了生命尽头,某个刹那会心神恍惚,好像回到幼年,父母是靠山,自己心安理得地在他们面前哭诉、求拥抱。但漫漫人生,更多时刻,我们要让自己变得强大,迎难而上。

这就是家的本意,也是生命的本意之一。

害怕竞争的男孩

来自"白云"的信

叔,耽误你几分钟,问一下:不喜欢竞争,也不怎么喜欢合作,最想做而不能做的就是自己写东西、发呆,这样的人,是不是不适合在现代社会里生存?我不是不喜欢学习,但因为这样的性格,常被认为没有上进心和前途,是不是我真的错了?

我的回信

我的一个朋友是报社记者,频繁坐飞机去各个城市做采访,写一些自己并不喜欢的稿子,辛苦得不得了,有时候两天才能睡四个小时。

有一天,他在和我们聊天的时候叹息:"唉,人生好绝望,明天一早还要去医院。"

我们开玩笑说:"不买房就不绝望了,不谈恋爱就不绝望了。"

他说:"房子对我没有任何束缚作用,没花多少钱也不需要多少房贷,与房子、恋爱无关。"

我就问他:"你到底追求什么?你有什么梦想?"

他的回答是:"有很多钱,然后无所事事地生活。"

我当时笑了。很巧的是,多年前,我也说过一样的话。我还看到一个娱乐节目里,某个明星说自己的追求是赚够几个亿,然后混吃等死。

这当然是开玩笑的口吻,但多多少少透露了他真实的心思。

我确信我的这个朋友会继续坚持工作,我不相信他真的能够忍受无所事事的下半生。我也不信那种大红大紫过的明星会停下脚步——果然,最近两年,这个明星不止演戏,还自己当导演了。

其实,有很多人都不愿意参与竞争,不喜欢和人打交道,喜欢清静,喜欢自己待着,写点东西、发发呆。

不过,我们要吃饭、住房、穿衣,我们会时不时地涌起别的渴望,想吃更加美味的,住更加舒服宽敞的,穿更加精致高档的。

如果你能节制欲望,远离精彩人间,朴素平淡、无欲无求地活着,那么无论别人怎么说,不去听、不理睬就是了。

如果做不到最大化地压缩欲望,你还是得先勤劳致富,然后换取自由。叔本华说过,人啊,不是痛苦,就是无聊。我们忙碌时痛苦，不忙碌时又无聊，于是，就在忙里偷闲中感受美妙，在各种忙碌里避开无聊。

　　世界上确实有真的隐士，他们能做到清心寡欲，只靠一点点物质就能生活。但这种生活难度特别高，高过追逐欲望。

　　你的性格没错，只要你有财力和自我保护的能力，就能够去过自己想要的生活。但是你还在学习阶段，那么先好好学习，享受相对清闲的学生时光吧。

　　顺便告诉你，我也和你的想法一样。不过我发现，我越是努力工作，我反而拥有越多自由平静的空隙，得以享受发呆的时间。这是我的一点大实话。

内向的女孩怎么办

来自"小风"的信

初中那会儿,我妈跟老师说我的胆子比较小;可是我的老师说我的胆子并不小,是个很热情的小姑娘。也许我是那种刚开始比较慢热的人,和不熟的人说不上话,慢慢熟悉后说的话就多了,对于同龄人和长辈都是这样,这才让身边熟悉我的人觉得我还是很活泼的。

但我内心深处知道,自己是个胆小怯懦的姑娘。去老师办公室会心跳加快,不敢在人多的地方讲话,在全班同学面前讲话都很困难,心跳加速,说话结巴……就像上次演讲,我表现得糟糕透了,都不知道自己在讲什么,结巴不断,上句不接下句,说话都没有思维逻辑了,为此我懊恼了很久,也躲在被子里哭了很久。但是平日在有些陌生人面前,我会尽量表现得轻松和活泼。

我深知到了社会，一个人的沟通表达能力很重要，但是我就是在这方面往往表现得很不理想，说话时很没有自信。我对长大以后踏入社会感到很惶恐。

我的回信

心理学里有一个说法，可能会让你一时难以接受：很多内向的人之所以在对人讲话时非常怯懦，心跳加速，特别紧张，其实是因为这个人过于自恋。特别在乎别人怎么看待自己，特别在乎自己在别人眼中的形象，甚至觉得自己就应该比别人表现得好，这都是自恋的表现。

我曾在很多学校做讲座，有的同学在台下提问时表达清晰流利，也很放松，但如果把他请上台来讲几句话，情况顿时变得很糟糕。

就好像你一样，紧张起来说话结结巴巴，不再流利。

因为在那一刻，他们忘记了表达自己心中所想的才是最重要的，他们把注意力转移到了别处，在意台下的人会怎么看待自己，会不会注意到自己打扮不得体？会不会注意到自己发音不标准？会不会影响到自己的形象？这就是我所说的，太过自恋。对自己有太过完美的要求。

我们为什么不接受真实的自己呢？真实的沟通交流，本来就会有停顿，因为说话也需要一个思考酝酿的过程。

一个人良好的表达其实就源自两点。第一点，反复练习，多多尝试。逻辑清晰的表达其实是需要训练的。如果你把自己论文中最核心的论点想清楚了，再慢慢地说出来，就完成了表达的基本要求。

第二点，就是接受自己表达上的缺陷。我作为一个南方人，普通话一直说得不标准，从前被台下的听众指出这一点的时候我都会面红耳赤。可是有一天，我突然明白过来，我的表达当中最有价值的并不是发音，而是人生的思考结晶。我也就因此释然了。

至今还是会有人在现场指出我的某一个词、某一个字发音不标准。我会直接接受他的指正，感谢他示范了正确的读音，然后，我会轻轻松松地继续讲下去。

在演讲当中，有时候我会开同学们的玩笑，与此同时，我也会被同学们开玩笑。那有什么关系呢！彼此调侃的过程，反而拉近了彼此的距离，有助于大家良好的沟通。

每个人都有他擅长的领域。我把普通话练习得再好，也不及专业人员的吐词发音。

不要太在乎自己在别人眼中的形象，因为我们真正的价值和分量，取决于我们能否把自己的本职工作做好。

最后就是你所提到的找工作这一点，我感觉你被某种偏见所误导了。企业往往会有不同的人才需求，如果是做公关，做人力资源管理，甚至营销推广，那当然需要活泼外向一点的人；但如果是做财务，做研究项目，做后勤服务等，则需要内向平静的人。

我去过很多企业做讲座，坦白地讲，绝大部分企业的员工需求，是招埋头做事的年轻人，所以你只是被自己假想出来的恐惧吓到了。打破这个思维误区，多多练习，就很棒了。

拒绝了好朋友的告白

曾有一个可爱的南方女生向我求助：我好朋友和我告白，我拒绝了，他不会和我做朋友了，我觉得很难受。以前不止一次发生这样的事，所以上了大学后我从不和男生深交，我没什么男生朋友，可是现在还是搞砸了，我应该怎么做才对啊？为什么不可以只做朋友？

为什么呢？

如果失去朋友就像失物一样，想找回时再去招领处找到，那就轻松了。很遗憾，失友后难再找回，尤其是在拒绝告白之后。

我想吃鸡翅，而身边的朋友想吃汉堡，还有的同伴呢，想吃苹果派或冰淇淋。然而，我们走进了同一个麦当劳，并列坐到了一起。

明明各自需要的东西不一样，可是我们机缘巧合之下走到了一起，相聚在一起，我们的人生就有了这样一段交汇。

在我们幼年的时候,父母待我们好,犹如世界为我们旋转。不,说得更加夸张一点,犹如我们就是世界,所以,我们的眼睛只看得见自己的需要。但是我们会慢慢长大,会慢慢发现,世界无限大,大世界里还有小世界。地球那么大,中国那么大,那么多的人,人海之中,我们只是其中之一。

人海之中,我们各自的兴趣爱好都不一样,可是也能够做朋友,甚至交往做恋人。可是终归,我们会发现我们虽然走到了一起,却可能各有各的追求,导致关系破裂,可能彼此怨恨,甚至两败俱伤。

怀着对异性的好感、对爱情的憧憬接近女生,而去告白的男生所想的,是一段恋慕的成败。怀着对异性的好感、对友爱的憧憬接近男生,而拒绝告白的女生所想的,是一段朋友关系能否延续。

大千世界,每个人的想法不同,却诞生在一个地球上。两个年轻的人,意图各异,误解了对方,但曾在一起做过短暂的朋友。

伤害了对方吗?伤害了自己吗?很没有面子吗?

又有什么关系呢?爱从来不是一成不变、天生就会的。爱是我们后天习得、领悟的。一些受伤的经历警醒我们,使我们懂得,我们要为自己做选择。

我能告诉这位女生的是,那个男孩找的是恋人,而不是朋友,所以他会告别你,寻找下一个。如果难受,就好好体会这难受，它见证了一段青春当中彼此陪伴时的温暖、亲切。失去总是叫人难受。你要铭记：下一次，当你继续寻找朋友时，你要令对方获悉你的真实意图，保证对方的知情权。要找一个男生做纯粹的朋友的话，那要宣告明示：我们是以友谊为目的在一起逛街、吃饭、温书、听歌的。

至于那男孩，他也要学到经验——什么样的女孩，才是可能实现交往的；什么样的女孩，其实只需要男性好友。

不论我们的经历是否丰富，都要学会祝福对方；学会更好地去爱他人，与之相处；学会说出自己的本来想法，决定彼此关系的走向；学会温柔而坚定的表达方式。

时光凝聚又散开，我们相逢又遗忘。多年以后，经过你人生的人，你善待过的人，被再度想起时，那种感觉会令你含着眼泪微笑，既美好又忧伤。

父母的安排对吗？

来自"皮卡丘"的信

父母希望我就考本地的学校，这样离家近点，能常回家看看；还希望我将来大学毕业后，就在家附近找对象结婚。他们把我的人生都安排好了。可我比较向往大城市的生活，我想考大城市的大学，北京、上海、广州等地的，却被父母反对。我不知道怎么办，感觉和父母无法沟通了。我和父母的想法截然相反，现在很懊恼。我该怎么劝说我的父母？

我的回信

沟通并不是万能的。现在这种情况下，你应该去做更多使自己独立的工作，努力让自己获得话语权。

日常生活当中，我们总是觉得说服了对方就能解决问题，其实不是这样的。人们总是相信自己看到的东西，相信自己所想的结论。通常情况下，人们会因为两种东西而假装接受了你的观点，第一种是爱，第二种是利益。

其实爱也是利益的一种，情感的价值也是一种利益。只不过这个大白话很多人难以接受。人与人之间的关系，以血缘关系最为紧密。子女和父母之间的亲情与利益，往往是混在一起的。

父母希望你能够就近读书，以后离家近，能够常回家看看，这是出于利益的考量，这样有利于他们得到子女的照顾和养老。

但是他们这个态度，容易伤害到你的利益。比如离家近的地方，可能就是一些小城市。小城市的年轻人可能发展潜力有限，见识也有限，往往心理也不够成熟。

对于你自己来说，你很向往大城市，那里的竞争和发展水平更强，这是你的利益考量。

不要试图用口头语言来说服父母，因为没有什么用。你们的利益、位置都不对等，不存在有效的沟通。

父母年纪比你大，更加倾向于只看实际的东西。如果你和你的另一半能够在大城市生活得更好，工资越来越高，职位越升越高，那个时候你会成为他们的光荣与骄傲。

在小城市当中，人际关系带来的竞争压力并不比大城市小。父母和父母之间，时时刻刻都在攀比。自己家小孩找什么工作，嫁什么人，住在什么城市，房子有多大、有几套，都是攀比的话题。如果你不能让父母攀比成功，他们就会承受不如他人的压力和痛苦。

你希望父母做出牺牲，承受远离子女的损失，那你就要给他们足够的补偿。

你希望他们不再管你，不干涉你的选择自由，那你首先得自己强大起来。

在暂时说服不了父母的情况下，你可以保持一定程度的疏远，这是你追求个人发展、个人选择的代价。

弱者总是幻想说服他人，强者就是自己说了算。

而沟通这件事，只存在于势均力敌的双方之间。

从你的来信看，你表现出来的就是一个弱者的姿态。你特别在乎他们的反对、他们的否定，父母当然把你当成小孩子，当成附属品，当成经济能力很弱的、需要照顾的对象。

你给不了他们安全感，也给不了他们未来衰老以后的依赖感，他们当然会选择控制你、干涉你、指导你。

每个人都有自己的角度和立场，我们没有必要去管观点的对错，因为观点是相对的，不是绝对的。

你自己的痛苦，是绝对真实的，同样的，你的父母的痛苦，也是绝对真实的。让自己变得聪明优秀、心态健康独立，你才能够挑选到更好的伴侣，你才能获得更好的收入和发展，获得更多的自由。那时候，你能给父母足够的照顾和关怀，给他们经济支撑，给他们安全感。

当亲朋好友对你的父母充满了羡慕，羡慕他们有一个强大的好女儿的时候，你不用去说服自己的父母，他们都会认真对待你的意见，更加尊重你的想法。

而具体的操作就是，考大学，就考大城市的。如果他们在经济上不支持你，你要知道，大学里有丰富的奖学金，有助学贷款，有勤工俭学。独立自主不是一句空话，也不是天上掉下来的，是需要靠自己去争取的。

把鸵鸟的头，从沙子里拔出来

一封来信

我是一名大三的学生，这是我大三的第二个学期。不知道为什么，我特别抗拒这次开学。也许是因为在假期里看到了身边的同龄人一个个地都去工作，有的甚至踏入了婚姻的殿堂。寒假期间，我生平第一次参加同学的婚礼，不得不说，我很受触动，看到老朋友挽着她老公的手缓缓走来，我感动得一塌糊涂。

好像扯远了……说回正题吧，简而言之，作为一名大学生的我，在开学的第三天就产生了严重的厌学情绪，脑海中总是浮现在家生活的安逸情景。我不是恋家，我只是觉得家里有我想要的归属感和温暖，而学校没有。

性格胆小软弱且从小就十分内向的我，在宿舍与舍友不合，虽有男朋友，却完全不知道该怎么跟他相处。我抗拒与亲人以外的人亲近，有时候我连爸妈都会拒之门外。我渴望温暖和自由，希望有独立的空间、稳定的生活。我不喜欢读书，以前高三时拼命学习只是为了考大学。现在我没有目标，虽有兴趣爱好，却完全不知道该如何施展。总之，我觉得自己就像个废人。我好想逃回家，抗拒回学校、回宿舍、去上课，抗拒一切与人的接触。我到底怎么了？！

我的回信

你这种表现有一个术语可以形容，叫"退行"。动物界按照自然规律，常见的情况是，当雏鸟翅膀已经长硬了，它就会离开鸟巢，不再依赖母亲的养育；大猫生下了小猫，小猫长到一定年纪，大猫就会主动把小猫赶走，让小猫自谋生路。

人类却不一样。孩子明明已经是成年人，还喜欢待在家里，享受父母的呵护关爱！父母明明知道孩子已经是成年人了，还喜欢孩子赖在家里，满足自己需要人陪的需求。

就你来说，读了三年大学，仍然还没有"断奶"。大学还剩下最后一年，你看着你的同学，有的去工作了，有的已经步入婚姻了，这个时候你心慌了，受到刺激了。

从中学到大学，谈不上真正彻底地独立自主。大学毕业对于很多人来说才是真正地告别校园，从此以后就要在社会上摸爬滚打、独自闯荡了。这个时候父母并不是不想照顾你，而是他们能力有限，没法再照顾你了。

有一点人脉的父母，可能会提前给孩子找好工作，或打好招呼。

你的文字里充满了矛盾,像个小动物一样想回到温暖安逸的家里,有父母遮风挡雨,却要自欺欺人,说渴望自由。

你也是个成年人了,还想要家里的归属感和温暖,这就是恋家,这就是没断奶。

但如果你的父母没有那么强大的经济实力,当他们一天天衰老下去,他们慢慢地没有能力再给你归属感和足够的温暖,他们开始需要你的照顾,需要你反过来给他们安全感、归属感和温暖时,你怎么办呢?

有一些不好的文化传统,会纵容和鼓励女生内向、柔弱。其实不论男女,都应该从内心深处认可并去实现自立自强。

你的同学们都在纷纷努力地成为大人,你就很想成为一个小孩子,从学校逃跑,回到家里,躲进父母的怀抱。

没有人是天生就强大的,我们只是为了所爱的人,努力让自己变得强大。

还有一个很常见的认知误区,我需要跟你解释一下。我见过太多把人的成长过程妖魔化的伎俩。说得通俗一点,一个人主动跟别人交际,就会被说成八面玲珑;一个人敢于主动站起来表达自己的态度和意见,就会被说成爱出风头;一个人积极主动地跟别人沟通、交谈,就会被说成爱拉关系。

我作为一个已经成名的社会人,接触了太多成功人士。我负责地告诉你,很多人其实都是自己给自己鼓劲,为了家人和爱人，厚着脸皮闯荡江湖，勇往直前跟人打交道，最终有所成就。当他们放松下来，可以躲起来休息的时候，也不愿意再跟人打交道了。只不过他们通过努力，攒够了资本，让自己拥有了独处的时间与空间。

把鸵鸟的头，从沙子里拔出来吧！

别把他人想的那么可怕、那么恐怖。好女孩同样可以走四方，交很多的朋友。你对大学毕业的恐惧，就像小孩子看到小溪流，都觉得水很深。其实你已经是个大人了，迈两步就能跨过溪流去了。

那些受伤的灵魂 /

我在某心理学刊物工作时,曾于夜间接听心理热线,听到过一个故事。阿虹是个十来岁的女孩,家住报社大院,自从邻居家孩子开始学钢琴,还拿到了本市比赛的二等奖后,阿虹妈妈就无法冷静了,带着她去参加音乐培训班,花了不少学费。

阿虹妈妈逼着阿虹练了半年,阿虹仍然只能断断续续地弹出一些音符。阿虹妈妈特别沮丧失望,回家训了阿虹几次,说阿虹怎么就那么笨。她给心理热线打了几次电话,我们的记录本上,记录着她的抱怨:白费了钱,浪费了时间,阿虹学得慢、反应迟钝。不久之后,阿虹得了严重的肺炎。

此后,阿虹基本丧失了学习乐器的兴趣,看见相关的培训机构就绕着走。

我询问阿虹妈妈,和邻居还有什么往来吗?阿虹妈妈几乎是下意识地讲出,有一天,对方瞧一眼她的戒指,说:"怎么不买大一点的石头呢！你们报社的人收入高，我看见你先生单位的那位同事，选的就是一克拉的。"

当时我提醒阿虹妈妈，也许你孩子生病不是偶然。后来，她试着去了解孩子生病的真正原因，再度打来电话，告诉我阿虹居然是自己洗冷水澡，让自己感冒的，这样就不必再去学钢琴了。

在这类事件里，孩子变成了大人的炫耀品，扮演的是名牌包、钻石戒指一样的奢侈品角色。别人的孩子弹钢琴得奖，我的孩子毫无艺术细胞。大人将在金钱攀比中的失落转嫁给了孩子，意图拿孩子来挽回尊严。

其实，孩子是可以感知得到家长逼着自己出成绩，是另有原因的。但处于家庭弱势角色的孩子，不敢直接反抗，只能变相逃避。如果逃无可逃，就只能采用伤害自己的办法。

家长对孩子进行身体、智识上的攀比，单从心理上看，隐藏着对孩子的两重伤害。

第一重是对孩子的全面否定。从学钢琴上的失败或者长得不够好看，扩大到对孩子本身的指责，认为孩子就是笨，就是丑，这会使得孩子自尊心受挫，进而怀疑自己是否样样都不如人。

第二重的伤害更加深刻。这种伤害，来自家庭当中的权力控制，把孩子当作一件实现大人目的的道具。

阿虹的妈妈，用她的行为向孩子阐释了一个非常负面的逻辑——孩子只有满足大人的期望，才是有价值的。这是对孩子更深层的伤害。

从学钢琴的"经验"当中，孩子所习得的是，原来，至亲的妈妈，并不是无条件地爱着她。如果她不能满足妈妈的要求，她就得忍受妈妈的指责。信任被破坏之后带来的失望，会给孩子造成严重的心理阴影。

如果家长不能意识到这一点，那么孩子就会在以后的人生中，形成自我怀疑的心理模式，不断自我加深这样的伤害。

孩子在童年时期、少年时期被频繁地比较，被打击后产生的创伤，会渐渐使孩子形成固定的思维模式。巴甫洛夫说过一句很有意思的话："暗示是人类最简单、最典型的条件反射。"

一名叫许哲的考生，曾致信给我主持的专栏，说他特别烦恼，他父亲总在亲戚朋友面前贬低他，后来亲戚朋友也常常对他说教，而最近他只考上了一个三本院校……许哲脑海里常常回想：我真的有这么不堪吗！真想死了算了，反正我就是没同学厉害，没能考上一本。

当许哲被说教、被指责时，他会很主动地配合这种思路，把自己同他人做比较。

一个人的自信往往来自长期的鼓励，以及生活中取得的成功。如果一个人长期受到贬低和攻击，这除了会损害他的价值观的建立外，还会对他形成根深蒂固的心理暗示。

可以想象，不只是许哲，大部分遭受这种"比较"伤害的孩子，在今后的人生当中，如果工作上遇到老板的指责，生活中遇到伴侣的指责，就会下意识地产生联想，对自己进行消极的心理暗示。

不过需要说明的是,与消极暗示相对的积极暗示,并不是简单的"每天告诉自己我很棒""我就是会成功"。积极暗示不等于盲目自信。

消极心理暗示有一种造成"恶性循环"的魔力,在一个人的身上形成恶性循环的模式。反正自己不行,那还努力什么呢?反正不如他人,那就敷衍应付吧!对于许哲来说,从小到大被贬低,他不止"受伤"了,而且他还会一直带着这种"伤",让自己一直痛苦。要改变这种消极心理,需要后期付出很大的努力,进行自我重建,纠正认知。

但人始终是社会化的高级动物,是在群体之中生活的,无法避免被比较,这也涉及到教育当中最重要的一个问题:到底该不该拿孩子做比较?

美国心理学家罗森塔尔做过一个很有名的实验,他发现:大人的信任和期望,以及对待孩子的态度,其实是影响孩子学习成果的一个非常重要的因素。

可想而知,任何人被拿来做比较的时候,都会很受伤。个体千差万别,但是被拿来比较,又是难以避免的。

但重要的是,我们应该合情合理地正确比较,以校正定位,而不是夹带"攻击发泄""转嫁伤害",进行伤害性比较。

那么,什么是肯定性的正面比较?

比如,"孩子你看,某个同学在某一领域很出色,我相信你也可以的。怎么样,要不要试试看?"

第四章
坦然面对生命的来去

愿你勇猛精进,也愿你平和喜乐。在生之丰饶与死之寂寥之间,恰到好处地生活。

要不要隐瞒亲人去世 /

来自Cindy的信

沈先生,您好!首先非常感谢您能在百忙之中抽空听我讲述这几个月来困扰我们全家人的烦恼,下面是我的故事。

先从我的家庭说起吧,我的外公外婆今年都是83岁,育有三个孩子,最大的是儿子,也就是我舅伯,然后是两个女儿,我姨妈和我妈。外公外婆是农村人,但外公读书特别争气,考上了大学,进了w城的机关单位,一直在w城工作,而外婆则带着三个孩子在农村生活。后来我舅伯和姨妈都在农村成了家,外公把外婆和年幼的小女儿(我妈妈)接到了w城生活,一直到现在。外公外婆除了抚养我,我舅伯唯一的儿子扬哥也是由他们带大的。现在扬哥已经结婚、成家,有了宝宝,还是和外公外婆住在一起。我周末从学校回来也会看望两位老人,帮忙做点家务。姨妈和舅伯一直在乡下,逢年过节来看望一下二老或者打电话问候,春节时也会把外公外婆接回乡下住一阵子。

今年5月下旬,一场突如其来的灾难降临到我家。我舅伯骑电动车时被一辆卡车撞了,伤势严重,送到医院救治。刚开始他的意识还很清醒,身上也未骨折,医生说会慢慢好转,我们全家人就商量着,等舅伯好一些了再告诉外公外婆这件事,以免两位老人担心。谁知过了两天,舅伯突发脑梗,被送进了ICU。接下来他的病情急剧恶化,妈妈和扬哥对外公外婆借口说加班或出差,轮番在医院值守,我偶尔周末回来,也要装作完全不知道这件事,照旧和两位老人聊天说话。外婆年纪大了,特别喜欢说起从前的往事,尤其是姨妈、舅伯还有我妈妈小时候的糗事,每当听到她说起舅伯的时候,我心里都特别难受,他们不知道自己唯一的儿子正躺在急救病房里,随时随地都可能被死神夺走生命……6月7号,舅伯还是离开了我们。考虑到外公患有心脏病和高血压,外婆身体也不好,如果他们得知唯一心爱的儿子已不在人世,两位高龄老人很有可能撑不过这一关,所以我们决定把这件事继续瞒下去。

隐瞒这么大的事并不容易。村里和我外公外婆一同成长起来的老一辈们,甚至骂我姨妈、妈妈和扬哥不孝,这么大的事情都瞒着家里。但我妈当时说:"自己的爹妈自己心疼,不能为了面子拿两位老人的生命开玩笑。即使以后事情戳穿了,被外公外婆骂甚至打,只要不让两位老人承受这突如其来的丧子之痛,就值得了。"当时我们的考虑是,因为从舅伯离世到出殡入土还有一段时间，不能让两位老人受到二次伤害，所以必须隐瞒。之后什么时候说出真相，再由全家人合计。到时舅伯已入土为安，两位老人只用承受一次痛苦。而且大家平复好心情了，也都有空了，才能分出精力照顾好两位老人。

在舅伯的后事尘埃落定之后，我们打算元旦的时候一起到外公外婆家，把这件事情告诉两位老人，如果有什么意外情况发生，人多也好有个照应。但最近家里人又不太想摊牌了，打算继续隐瞒，如果老人问起来，就说舅伯跟着村里人去新疆摘棉花了……前一阵子，外公外婆已经有些起疑心了，因为舅伯在中秋节和重阳节都没来看二老，甚至连电话也没打一个。外公给舅伯打电话，却显示停机，他跟扬哥说让扬哥叫舅伯给他打个电话，扬哥搪塞过去了，但不知道还能瞒多久……

对于有些重男轻女的外公来说，这个儿子就是他的命根子。舅伯刚刚退休，正准备安度晚年，却遭此横祸，对于这个家庭，尤其是"白发人送黑发人"的二老来说，是巨大的打击。舅伯出事的时候，我们克服了良心上的障碍，拼命把这件事情掩盖下来，告诫多方亲戚朋友一定不能把这件事情透露给二老。但是现在，旧的一年行将结束，新一年的春节即将来临，我们不知道还要不要隐瞒下去。如果瞒，还要瞒多久？还能瞒多久？如果不瞒，应该选择怎样的时机告诉二老？毕竟我们知道，真相大白的那一天，就是这个家天翻地覆甚至分崩离析的那一天，最好的结果也只是两位老人挺过了这一关，却失去了活下去的动力……

就像您在书友会上说的，生活中的一切烦恼，当碰到生老病死这种人生的终极问题时，都会变得不值一提，我深有同感。这也是我从记事起，第一次经历生命中的至亲离开人世，让我深切感受到了人生命的脆弱和面对死亡时的无助。我和外公外婆感情很深，一方面担心他们得知真相后身体撑不住，另一方面担心他们从此一蹶不振，再无求生的意志。我知道这个问题很艰难，也并非一定要寻求到解决这个问题的正确答案，只是想和您分享一下我的故事，如果有幸能获得您的指点，助我们找到良心上的依托，则更加感激不尽。

我的回信

按照常规的解释，只有在真实的情况下，人才能有真实的反应；在知道了真相以后，才能好好地做出安排。

我们无法代替他人做出决定，我们也不知道他人对痛苦的承受能力到底有多强，哪怕是我们觉得自己很了解的至亲，我们也不能百分百肯定。

如果是从前的我，我可能会建议你如实告诉老人家，但是，现在我的想法有所改变，因为我对人性有了更深的了解。

我的一个朋友，也曾面临类似的状况。她的爷爷奶奶年纪都挺大了，身体都不大好，曾一起住院疗养。后来，奶奶先走了，她的家人也没将奶奶去世的消息告诉爷爷。

在奶奶病逝之后，平时常常念叨着老伴的爷爷忽然沉默了，不再问起老伴。她和家人渐渐地也明白了：爷爷已经发现了。一段时间里，她的爷爷都不再提及奶奶。

我想那就是亲人之间的一种默契、一种直觉。

再说回到你的来信。我觉得，你的外公外婆心中已经隐约觉察，唯一的儿子出事了。但是对于他们来说，完全不知道如何去面对，所以他们也不会直接地找你们要一个真相。

他们会偶尔试探一下，得到假的答案。然后在你、你的父母和其他亲友的隐瞒之下，假装什么都没觉察。

他们会焦虑紧张，隔一段时间再试探，再得到假的答案，然后试图欺骗自己。

直到他们完全无法欺骗自己，心中默认了事实，他们才会逼问事实，或者主动承认事实——他们什么都知道了。

因此，如今的我觉得，对人性，唯有小心翼翼地去处理。

已经无法在伤害和不伤害之间去选择，只能在巨大、突发的伤害和缓慢、持久的伤害里，选择一个大家都能承受的方式。

试想一下，如果你的外公外婆崩溃失控，因身体受不住而出事，你的妈妈如何承受这种痛苦？你的妈妈觉得难以承受，所以选择隐瞒。

我们中国人有深层次的、隐蔽的心理活动，我们觉得活着，维持现状活着，就是最好的。我们更加倾向于选择拖延，然后默默消化。在期望和绝望之间，在将信将疑之间活下去。

这大概是我们文化中的一种特征——静水深流，把惊涛骇浪都藏起来。生命的复杂性在于不能用对错去衡量，只能以心论心。

如果是我，我会同样选择隐瞒。直到瞒不住，再说下一步如何去做。最坏的结局，仍然是在意料之中的，成年人都懂得。

我有一次看纪录片，是李嘉诚的专访。李嘉诚说了一句话："一生之中，有什么不如意的事，绝对不告诉妈妈。"

我想一个历经世事、富有阅历的老人，他的人生经验，也许更加贴近人性和人心。

来自Cindy的第二封信

沈先生，非常感谢您的解答，让我受益匪浅。

看完您的回信，我深刻感受到，一个人思考问题的角度和方式原来和阅历是有很大关系的。作为一名还未走上社会的学生，我眼里的世界非黑即白，揉不得沙子，所以我非常讨厌说谎，因为说谎意味着隐瞒、欺骗与背叛，即使谎言是善意的。

可您用理性而客观的文字让我领悟到，谎言并不都是冷酷的，也可以是温暖的；谎言并不都是黑暗的，这取决于说谎者内心的颜色。有些事情，当我们觉得难以启齿的时候，并不一定要说清道明，对方也许并没我们想的那么笨，只是他们也不愿挑明。既然如此，倒不如保持默契，如此便好。

我们谁也不是圣人，没权利也没必要站在道德的制高点假装主持对人性正义的审判。人性没我们想的那样简单。日子是我们自己在过，不求人人满意，但求无愧于心。

　　昨晚，我告诉了妈妈我与您通信的事情，给她看了我的去信和您的回信。对您的想法，她深有同感。其实，也许我们一直都知道该怎么做，只是内心还差一个说服自己的理由，毕竟对所爱之人一直说谎并不是件容易的事情。您让我们看清了自己的内心，明白了前进的道路。

　　再次感谢。

生之丰饶，死之寂寥

钟桥是一个很特别的人。

他从小被要求学习钢琴、外语、唱歌等，后来去国外读了两年书，现在在亲戚家的公司上班。

他的家人力图把他打造成一个绅士。

我在一些比较高级的场所看见他的时候，他特别谦虚、安静，给长辈们倒酒，给我斟茶，给旁边的女孩子拉开座椅。

有一次在机场碰到他，他刚好送一个朋友去外地。而我，刚刚下飞机准备回家。回去路上我蹭了他的顺风车。他开的是一辆中规中矩、略有些旧的小轿车。

那天下了一点小雨，而且是黄昏时刻，等从机场开回市区，已经是天色暗黑。

大概是我们多见了几面，他觉得我们已比较熟悉了。

他跟我说："你是一个作家，又懂心理学，我想讲讲自己的故事，你想听吗？"

我说："想啊，你讲吧！"

他说，他的故事其实很简单。每天晚上如果没有什么工作，他会开着自己另外一辆车，在本市三环线上狂飙。

我见过他的另外一辆车，那是一辆玛莎拉蒂。

我问："然后呢？"

他说，他带着一个年轻的女孩，车上放着红酒，再将速度开到极致，真的是风驰电掣。

那一瞬间，他忽然觉得，身边有漂亮的女孩子，手边有自己最喜欢的酒，在深夜里超速飞驰，仿佛能穿越时空，周围一切景物都变得影影绰绰，一股巨大的快意充斥全身。

这听起来像是一个炫富的故事。

但是他接下来说的是，他觉得自己很想在这种无限快意中死掉，而且一点都不觉得遗憾。

他问我，这样是不是心理有病？

有一次我去南京旅行，深夜肚子饿，我就出门，在附近的街道寻找小吃店。

当时已经接近深夜12点，店铺都关门了，就连零散的几个小摊贩也开始收摊了。我放弃了吃夜宵，原路返回。

一个大妈骑着三轮车，拖着卖桂花鸭的玻璃柜，在晚风中慢慢地踩着脚踏板。

她在前面慢慢地骑，我在后面吹着风慢慢地走。我看得出来，她忙碌了一天非常疲惫，面无表情，玻璃柜又破旧又油腻，那是常年使用的痕迹。

大妈的家可能比较远，走了好一段路，我都快到酒店了，她还在往前骑车。

这个大妈突然哼起歌来，是一首很老的民歌的旋律。后来她把歌词也想起来了。她越唱越有力，三轮车越骑越慢，声音在夜空回荡。她整个人格外投入，几乎物我两忘。

我一直听她把歌唱完才折返酒店。

骑三轮车的大妈，唱完了歌以后，似乎一身轻松，脸上冒出笑容。她回到家里睡一觉，明天又会出门做生意，卖起桂花鸭，赚钱养家。她那个年纪，若有孩子，应该十几岁了，丈夫经济状况可能也很一般。

钟桥告诉我，他真的迷上了那种飙车到想要瞬间死掉的感觉，很过瘾，所以他常常这样深夜飙车，并且瞒着父母。

他的父母有大笔产业希望他继承，他却无所谓。

他家当然不止那两辆车，只不过他爸爸要求他平时出门开最便宜的车，因为担心他被盯上、被绑架。

他觉得，自己的父母已经赚了不少钱，还在忙碌，想要赚更多的钱，活得真累。赚钱那么辛苦费心，他没兴趣，他已经很满足现有的物质生活了。

男孩说:"如果我哪天车毁人亡,你别觉得诧异。我觉得那其实是一种挺好的生命结束方式。"

每当我想起那个男孩,同时就会想起那位大妈。

一个快意,一个慢歌。一个想死,一个谋生。

我猜,肯定有人讨厌这种富二代,想死就让他去死好了,也肯定有人心中对大妈充满怜悯。

男孩和大妈,分别就像是"无聊"和"痛苦"的化身。

我们在谋生的痛苦中,在日复一日的劳作里,用各种手段安抚自己。唱歌是抒情治愈,也是放松歇息。我们心中有一个遥远庞大的想象——我们会过上好日子的。

然后我们在充分得到满足后,会感到无聊,于是又会追求更强烈的快意,强烈到想在最美好的刹那死掉。就像某种死亡美学,花很好,月也正圆,心爱的美人在侧,一切都心甜意洽——在这个极好的时刻,不如就愉快地死掉吧。

他的念头,怪异而可怕。我想,他对生命的领悟,出现了偏差。

在南京的夜晚,其实我心里也有一个念头——听她唱歌,也当是陪着她走一段夜路。她的歌声,别有一种动人的味道。

而那个男孩,我跟他说,你下次请我吃大餐,我会告诉你答案。

他笑着一口答应。

他后来请我吃饭了,但没有再谈到那个"是否有病"的问题,我也没有对他旧事重提。

这个故事,我就讲到这儿吧。

无论你是像这个男孩,还是像这位大妈,还是介乎中间的普罗大众,愿你了解富足充裕的无聊,也了解平凡贫穷的痛苦。

愿你勇猛精进,也愿你平和喜乐。在生之丰饶与死之寂寥之间,恰到好处地生活。

人死后会去哪里?/

人生如此匆匆,光阴飞逝如电,在我们的一生中,最让人害怕的并不是孤独,而是被遗忘。

我一个人去看了电影《寻梦环游记》。电影结束之时,我后排的座位上,居然响起了掌声。

我在电影院里见过欢声笑语,见过热泪盈眶,见过一片骂声,却是第一次听见这么多掌声。

在不知道如何表达心中的感动时,唯有鼓掌。

电影主角米格是一个喜欢音乐的墨西哥小男孩,但他的奶奶,他的姑妈,他的舅舅,他的父亲、母亲,通通仇恨他所热爱的音乐。

这世上没有无缘无故的仇恨,这份仇恨由来已久。在许多年前,米格的高祖母伊梅尔达和他的高祖父是一对恩爱夫妻。

高祖父喜欢音乐,抱着吉他时无比深情。他想要去大城市实现自己的音乐梦想。

故乡放不下他的理想，高祖父狠心丢下了妻子和自己的女儿可可，一去不返。

满心怨恨的高祖母伊梅尔达，从她的生活当中彻底封杀了音乐。这个封杀令，一直延续到她的后代，延续到曾曾孙——十几岁的米格身上。

血脉的渊源，如此神奇。米格天生就喜欢音乐，他对吉他痴迷。以奶奶为首的禁令捍卫者们，挥舞着拖鞋，殴打教米格弹吉他的歌手，一次又一次地打破米格的音乐梦。

直到亡灵节来临，小镇上也要办音乐会，米格再也按捺不住内心的呼喊，他要寻找机会，去追逐自己喜欢的音乐。

他去偷一代歌神德拉库斯的吉他，却意外发现歌神是他的高祖父。

原来家里的灵坛上供奉的高祖全家合影虽缺了一角，没有高祖父的容貌长相，但米格凭借吉他的外形款式，认定德拉库斯就是自己的高祖父。

在亡灵节这个奇妙的夜晚，米格穿越了阴阳界限，居然来到了亡灵们所在的冥界。

米格见到了他去世的各位先辈亲戚。在亡灵节，家家户户祭奠先人的万寿菊花瓣飘飘扬扬地汇聚起来，搭成了一座座花瓣桥。

只要家里还供奉亡者的照片，死去的人就能够回来，与他们活着的亲人重逢。

只要高祖母伊梅尔达吹起花瓣,就能把误入冥界的米格送回人间。但是高祖母始终坚持她的仇恨禁令,她绝不祝福米格玩音乐。

米格不肯屈服,一路逃跑,遇到了流浪的亡灵歌手埃克托。

说到这,我就不再交代电影的剧情了。

我想讲一个真实的小故事。

我在某一年和一位电台主持人合作出版了一本书,那是一本为别人解答烦恼的书。后来我们在书店里举行了一场发布会,来的人有听众,有读者。

其中有一个女孩子向我提出了一个问题。她提问的时候,表情非常的奇特。

她告诉我,她是从外地赶来的,一直犹豫着要不要跟自己的男朋友分手,她想听听我的答案。

我本来以为,这是一个很普通的恋爱失败的故事。我记得我一开始这样劝告她:如果缘分尽了,那就好好地告别,继续沿着自己的人生走下去,去寻找一个与自己契合的人。

那女孩摇摇头,她的表情告诉我,这个答案,不是她想要的。那是一种深深的哀伤的表情。她停顿了一会,终于讲出了真相。

她被检查出来患有绝症。相恋几年的男友不舍得分手,想陪伴她走到生命尽头。

她的心中充满了对死亡的恐惧，非常渴望男友能一直陪着她，可是她又那么爱自己的男友，不希望拖累男友，不希望他从头到尾目睹自己的死亡，那会给他留下永远的伤痕。

她提出过分手，又复合，又满是纠结地想再次分手。她已经听过了太多劝解和安慰，也想听一听一名作家的话。

一时间我陷入了深深的沉默。我该如何告诉她答案？我真的有答案吗？

现场所有的人都不知所措。

我问那女孩："你害怕吗？"

她眼里噙泪，回答说："害怕。"

她又补充："一开始很害怕，但现在并不是那么害怕死亡了。我害怕别的。"

我接着她的话说："我明白。"

然后，我词穷了。

现场的观众纷纷交头接耳，都在为那个女孩感到难过。我的脑袋里面空白了片刻。

这时我突然想起，曾经有人问我：人死后会去哪里？

我的回答是：去爱你的人心里。

我把这个答案重复了一遍，说给那个女孩听。

"人死后，会去爱你的人心里。"

我们的肉体会化为尘埃灰烬，烟消云散，但是爱着我们的人，会记住我们。

直到这些爱我们的人年纪大了，逃不脱死神的召唤，带着关于我们的记忆死去，那就是我们终极的离去。

我万万没想到，我会跟人生的终极命题在电影院相遇。当真实的人生和一部电影重叠在了一起，我就没法控制自己，眼睛酸热，满脸是泪。

电影里，流浪的亡灵歌手埃克托说，彻底被遗忘的人，将会永远地消失，那是终极的死亡。

埃克托无论如何也放不下自己的女儿可可，他想再回去看她一眼——可可就是米格的曾祖母。

原来歌神德拉库斯是个欺世盗名的假冒伪劣品。他和埃克托曾一起搭档表演，但因分歧在小旅馆里争吵起来。

埃克托告别了故乡，抛下了妻子和女儿，却发现自己对她们始终念念不忘。思念太深刻，太痛苦，令他写下了传世名曲。后来埃克托受不了刻骨铭心的思念，一瞬间他下定主意，他要回到最爱的人身边。德拉库斯却不答应，万众瞩目的名，滚滚而来的利，才是他最想要的。他用毒酒谋杀了埃克托，唱着好友创作的作品，赢得万千粉丝和荣耀。

成为亡灵歌手的埃克托，只想回到小小的女儿可可身边，再次对她唱起那首《记住我》。

人世间的小女孩可可，已经是白发苍苍、身躯佝偻的老婆婆。

可可，是人间唯一记得埃克托的人。如果连可可也老到忘记了他，他就会彻底消逝。就算可可到了冥界，他也无法再看他爱的女儿一眼。

米格戳穿了德拉库斯的劣迹，带着高祖父母的祝福回到家中，对着曾祖母可可，唱起《记住我》。可可快要彻底消失的记忆终于被唤回，她轻轻地喊出了"爸爸"。

她想起了自己的爸爸埃克托。

电影，有最美好的结局。米格弹着吉他，唱起歌，还有了一个妹妹。全家人改变了态度，不会强迫他做鞋子了。

感动的我离开了电影院，走出百货大楼，从一片漆黑回到了白昼。

冬日的大街上川流不息，我不由怔住。

那个向我提问的患有绝症的女孩，你还好吗？你拖着病体，乘坐高铁来到家乡以外的城市，来参加你喜欢的电台主持人和作家的新书发布会，你想听一听作家的回答，而我所能给你的答案，那么简单，非常有限，仅此而已。

我并没有高深的法力，化解人世间至深的哀伤与思念。我只能说出已知的一点事实，就像这部电影所讲的一样：亲人、爱人的思念，是我们面对死亡时唯一拥有的力量。

但愿你还在人间，而你的男友还陪着你。无论如何，你已经成为你的恋人的记忆。

我确信，有生之年，他永远不会遗忘你。因为我们死后会去爱我们的人心里。

坐飞机不再担心掉下去

我是个业余时间里喜欢研究他人轶闻的人。我常常觉得,在那些不为人留意的缝隙里,会漏出幽深的光。就像盲人对夜的感受,与健全之人分外不同。

因为北京奥运会,我知道了那首《我和你》,知道了陈其钢这个名字。他是杰出的音乐家,出身于音乐世家。

我对这位音乐家的了解,仅止于此。

后来,偶然和了解音乐的小店老板聊天,我得知陈其钢的孩子去世了。一个搞创作的人,失去了心爱的孩子……我顿时想起了金庸。

金庸的大儿子查传侠,19岁时跟女友吵架,自杀了。金庸说:"我记得接到大儿子在美国过世的消息后好难过,但那天还要继续在报馆写社评,一面写一面流泪。一直都很伤心,还是要写。"

金庸在丧子之后，给《倚天屠龙记》新修版写后记时感叹："然而，张三丰见到张翠山自刎时的悲痛，谢逊听到张无忌死讯时的伤心，书中写得也太肤浅了，真实人生中不是这样的，因为那时候我还不明白。"

即便是名满天下的金庸，当时已经过了半百年纪，阅历丰富，仍然无法描述真实的丧子之痛。金庸明白那种感觉的时候，是他的儿子自杀以后。

真实的人生中，金庸接到儿子的死讯，却还要写社评，工作不能断。伤心欲绝，但还是要边写边流泪。

读到这种细节的时候，我就会被感动。这种感觉，真的只有过于敏感的人才懂。而过于敏感的人，难免会将所思所想诉诸文字。常人的痛苦，创作之人不仅遭受，并且还要放大很多倍。这痛苦，像衣衫单薄的人在街头遇到寒雨，雨水很冷，当头流下，全身湿透。

写作天赋，其实就源于过于敏感的天性。心理学里管这叫升华机制。写作必须完成升华，不然就白写了。升华不是去编造你自己没有感受过的悲喜和道理，升华就是如实如常地说出你那一刻的感受。不管你是什么心思，擅长多少花样，你仍然只能对自己诚实。

该怎么形容我对丧失的感受呢？

大概就是，你知道自己生命中最重要的东西已经失去或者死去，再也没有什么比这更加痛苦、悲哀。从此以后，无论你经历什么悲苦，无论发生什么令人心碎的事，无论你怎么声嘶力竭地大哭，或者缄默沉闷，你的内心最深处，是平静的哀伤。

在我人生中至为哀伤的时刻，漆黑深夜中，我独自一个人坐在台阶上，看了很久的月亮，一脸的泪，然后回家继续写稿、吃夜宵。

金庸最后选择了佛学来化解伤痛。

有时候，我听着手机里保存的陈其钢的钢琴曲，会忍不住到他的微博逛一下，看看这个音乐家在做什么，生活如何继续。

他的微博当时一共不到一百条，在时间轴上是倒叙的。

他谈到电影《归来》的配乐，这配乐得奖了，里面有他意外逝去的孩子雨黎的贡献。

他谈到自己有自闭倾向，一个人待着特别享受，不过还是希望有人支持关于自闭症儿童的公益活动。

他谈到悲伤，也谈到儿子爱吃甜食。

他还谈到，虽然儿子去了天上，自己还是继续给他过生日。

他甚至与太太入住儿子最后住过的酒店，在儿子遇难的高速路边寻找痕迹，在草丛中发现儿子破碎的眼镜。这个父亲像个推理侦探一样，试图找出车祸的原因。

他谈到自己做手术时儿子的陪伴。

至亲突然逝去，意味着无从准备和告别。留下来的那个人，就像未完成小说的作者，没派上用场的仪式。何以解忧？这是一种悬念。他继续生活着，绵绵不绝地思念着。

有一天，我在一个咖啡馆等朋友，抽出书架上的一本杂志，里面有一篇陈其钢的专访。真是太巧了。无巧不成书，总是有道理的。

我把杂志上的访谈读完了，心中冰凉，是"万物沸腾，尔后止息"的那种感觉。最后，我把这个音乐家说的一段话拍了照，留在我的手机里。我大概永远也忘不掉那段话。

他说："没有什么想不明白的了，因为雨黎，我反而超脱了。从小受教育，工作努力，建立家庭，生儿育女，然后孩子先你而去，家里也没有老人了，这时候感觉突然完成了人生使命。如果今天就离开这个世界，也不会像以前那么执着，有那么多牵挂，坐飞机时也不会再担心掉下去了。"

在奥斯维辛之后

上一个百年中,最残酷的事莫过于两次世界大战。二战中,有一个残酷且考验人性的地方,叫奥斯维辛集中营。

有个心理学家叫弗兰克,他完完整整地经历了二战。战争中他被关进了集中营,漫长的牢狱生涯,使得他除了活着,几乎一无所有。

法西斯的集中营里,杀人如草不闻声,大量无辜之人被毒气杀害。弗兰克的人生也被摧毁,他的父母、哥哥、妻子,要么死在牢狱,要么被送入毒气间。

在集中营里,有的人变得麻木不仁,陷入自我保护机制,这是为了避免痛苦,而变成行尸走肉。还有的人彻底放弃人类的尊严,变得和动物禽兽一样,抢食物,抢死掉的人的遗物。二战结束后,从集中营幸存下来的人,基本上都出现精神问题,留下严重的创伤后遗症。有人崩溃自杀,有人变成恶魔。

但是，也有人坚持了下来，并回归了正常的生活，这其中就有弗兰克。弗兰克思念他的妻子，他怀着深深的爱，想活着看看，这世界到底走向何方。

弗兰克从这段经历里，感受到了最深刻的意义。

在弗兰克看来，人最关心的不应是获得快乐或逃避痛苦，人最关心的应该是了解生命的意义。如果某种生活有意义，即使需要人为它付出代价，人也会心甘情愿。

德国的哲学家阿多诺说过一句话："在奥斯维辛之后，写诗是野蛮的。"我年轻时候读到，觉得很有道理。人类经历了那么恐怖的人间屠杀，怎么还能文质彬彬地写诗？

但随着年纪渐渐增加，人生阅历和经验更加丰富之后，我确信，弗兰克才是对的。在奥斯维辛之后，人们仍然要继续写诗，要心怀爱意，要坚持信仰的价值和意义。

其实弗兰克在被关进集中营之前就拿到了美国签证，可以离开当时危险的欧洲，躲到美国去。但是他舍不得抛下父母，他选择留下来，和家人一起面对死亡的危险。

弗兰克用自己的亲身经历，发明了"意义疗法"。

赋予生命意义，是人类文明的一种体现。其实古今中外，对于生命意义的感受，都是相通的。

其中一种典型的意义就是爱情。

有首老歌唱道："人海之中，找到了你，一切变了有情义。人生匆匆，心里有爱，一世有了意义。"

《水浒传》第二十一回,有这么一段话形容女人为了爱情而表现出的勇猛:"若是她有心恋你时,身上便有刀剑水火,也拦她不住,她也不怕;若是她无心恋你时,你便身坐在金银堆里,她也不睬你。"

这就是爱情的意义。

因为生命必须要有意义,所以人类即使经历了无数灾难、创伤,也能重建其家园,并使这样的精神生生不息。

最后的仪式 /

天气好转,跟友人去动物园闲逛。经过长颈鹿馆,来到一片小树林旁的湖边时,友人忽然告诉我,小时候班上组织活动,老师带着同学们一起到动物园,结果他比较倒霉,忽然看见水面上漂来一只死掉的猴子。这事埋在他心里很多年,像一道巨大的阴影覆盖在苔藓上。

对他这事,我琢磨了很久。

最近我养猫了。因为此猫自己会上厕所,所以我采取了放养的方式,由着它满屋子乱跑,上蹿下跳,自由自在。渐渐地,猫长大了,轻功越发了得,一米多高的窗户,也可以一跃而上。我这才意识到,我家在一楼,夏天来了,开个窗户,它就有可能跑出去。猫这种动物不像狗,狗养出感情后对人无限眷念,会惦记着回家。很多人的猫一旦离家出走,就从此一去不返。

某个友人还提到,她的一个朋友的猫,13岁时跃上窗台,跃到了更广阔的世界去了,为此她哭了一星期。

当时我想起电影《桃姐》里的戏谑斗嘴,忍不住模拟了一番,开玩笑道:"促膝暖怀有时,喂养逗乐有时,被咬挨爪有时,一跃而去有时,人生所有的相聚都是要告别的哟。"

我又联想起米兰·昆德拉写的小说《为了告别的聚会》。人类养猫,也很类似。迟早我的猫也会去往更加广阔的外面的世界。因为明日可能就要告别,所以今日我与它加倍温存。

设想,当我面临那一刻时,我心爱的猫不告而别,消失不见时,我会怎么样呢?猫犹如此,至亲至爱的人呢?人何以堪?

在《红楼梦》里,少年宝玉看着"狂风落尽深红色,绿叶成荫子满枝",他感伤了。后来他进一步领悟到,他所居住的大观园,他那些如花美眷的姐妹,他最爱的女孩子,有一天都会烟消云散,那种无可奈何的悲伤,简直弥漫整个天地之间,将人置于难以自处的境地。

哎,说到这里,你是不是觉得太跳跃了?不是在说猫吗?我除了说猫,还说了猴子呢!还记得开头我提到的友人和猴子吗?

十多年后,那个友人想起小时候目睹的画面时,心头依然沉闷难受。那猴子跟他之间是完全陌生的啊!他一直不明白自己为什么会如此敏感。

那是因为,他亲眼见到一个渺小的生命在宇宙中湮灭,却无一场告别。事实上,我们大多数人都忽略了人生中的"重要仪式"。一个生命或者一段关系完结了,就强迫自己飞快地扭过头,转移伤痛,匆匆忙忙地扑向新的生活,唯独忘了人非草木,被触动的情感,要有完整的仪式来解脱。

吃奶嘴有时,进棺材有时。相逢有时,告别有时。诞生有时,结束有时。生离死别总是悲伤的,我们只能仰仗哀悼来收尾。心理学里阐释"仪式",如生日、婚礼、葬礼、祭奠之类,其本意就是人给自己一个机会去告别或开始。告别童年,才能长大;告别自由,才能承诺;告别逝去,才能重生。那些逝去或失去的,才会在记忆里,在最深的潜意识里,与我们融为一体。

我很想告诉我的友人,当他某一天独自在湖边,静静地为那只幼年偶遇的猴子默哀后,心头那道漫长的阴影想必就消散了。至于我的猫,假如有一天它不在了,当我站在窗前,想起它时,我也会好好地回忆与它有过的相处,哀悼这份失去。

搞清楚这么一个原理,再去重温《红楼梦》,你或许就能加倍体会作者写出那么一本书的深意,那是他在回溯整个人生的岁月,巨细无遗地记录最琐碎的人物故事,来对它们进行怀念和哀悼,亦即所谓的"怀金悼玉"。伤感和满纸眼泪,乃是应有的仪式主题。一生之中,谁也绕不过去这"最后的仪式"。

麻油韭菜的思念

你肯定听说过麻油韭菜吧？是很多人吃夜宵时喜欢点的一道烧烤。但对我来说，那味道实在很难闻。

那天半夜从冰箱摸出胡萝卜，洗了洗，啃了一半后肚子开始不舒服。静静地，我忽然想起，小时候闹肚子，奶奶找人问了偏方，拿麻油涂满我的肚皮，再用一坨韭菜来回推揉。折腾了一下午，麻油的香味已经开始臭掉，韭菜也变成气味可怕的糊状物。到了黄昏，奶奶才收工。

奶奶已经去世几年了。奶奶的麻油韭菜，不是用来吃的，而是用来治闹肚子的。小时候的我没想过，麻油韭菜的气息，就这样与肚子难受联系在了一起。

你肯定听过很多回的敲门声吧？人生就是这样的，去做客，去探访，都要敲门。不过，有一种敲门声，令人心跳加速。在电话还没有普及的年代，长辈们半夜突然听见急促烦人的敲门声，差不多就明白，那多半是要跟某个亲属告别了。

小时候只觉得好吵闹，怎么有人半夜还在讲话？告别就这样跟敲门声联系在一起了。到了人手一只智能手机的年代，敲门声就换成了半夜的手机铃声。

你肯定听过很多老歌吧！你可能还是个孩子，年纪轻轻，喜欢的是时下最流行最新鲜的歌曲，要么哀婉流畅，要么动感有趣。而你那生于上个世纪的父母，做饭的时候，走路的时候，晾衣服的时候，忽然就会来几句，"月亮出来亮汪汪""青青河边草，悠悠天不老""风吹稻花香两岸"。真是古老至极。

可是当你长大了，忽然看到电视里播出经典曲目，不知不觉，你也跟着唱起来。有一天，我赶地铁，莫名其妙地哼起"送你一份爱的礼物"，单曲循环了老半天。最有意思的是，那些参加歌唱比赛的年轻人，也常会唱起比他们的年龄大上几倍的老歌。

我曾经觉得，如果没写出可以通过一代一代人传下去的故事，那么我们至亲的人留在世界上的痕迹，也就慢慢消失了。

关于我们失去的人的记忆，早就化成了我们言行举止的一部分，再默默延续下去。不必想起，也早已经记住了。就像背井离乡的上海人去了各地，还是喜欢吃甜的；就像我年长的朋友，回忆起半夜烦人的敲门声，四五十岁的人了，仍然忍不住唏嘘、想哭；就像我讨厌麻油韭菜的味道，但那气味勾起的却是内心难以遏制的哀伤和想念。

我终于能够理解，何谓岁月，何谓思念，何谓人生。

我也终于能够理解，人生代代的生命意义。

第五章

温暖又有力量的爱

人生自有眼泪和欢笑,但我最骄傲的是,我守住了自己的初心,和所爱的人一起并肩作战,直至打败我们内心的畏惧。

最特别的情书 /

1

米其林当然不是真名。米其林真名是米琪琳,这三个字串起来,你一定知道这是个女孩儿。她的确是一个可爱的中学女生。米其林不爱说话,却常常自己一个人抬起头笑。

电视上有段时间天天播放一家世界著名轮胎的广告,那个广告里的"米其林",胖乎乎的。米琪琳,也有那么一些胖乎乎。收作业的小组长开始大声朝她叫:"米其林,轮胎,无障碍。"

周围的同学大声哄笑。这个时候她就把头埋进胳膊里,似鸵鸟一般。被人取了难听的绰号,哭鼻子是女生的天然反应。谁都以为她是趴在课桌上气哭了,连肩膀都在颤抖。其实米其林是在偷笑。她心想:这没什么了不得的啊,不就是一个绰号吗?

我真是一个奇怪的女孩,米其林想。

隔壁家的蔷薇都开了好几次,15岁的米其林心中也有蔷薇开了。这种花开放的时候有神奇的力量,天蓝云白,一切美好。花开也有原因,三个字:叶一企。

2

米其林开始写第一封情书。

大家都不知道,那是写给男生叶一企的。

"企,我今天从篮球场走过去,那群使劲蹦跳的男生真搞笑,跟猴儿似的,上蹿下跳。你就坐在旁边观看,微微笑着,鼻子皱着,上面有点汗水,黄昏的太阳光照着你,闪闪发光。我知道,你那样是因为脚扭了,你脚上还绑着白色的布。你就是他们的精神队长,你必须在场,他们才打得好。我就是喜欢这样的你,安静的时候最帅了。"

很快,她收到了"回信"。

"我以后很少打球了,避免伤口复发。而且,进入初三,要把学习放在第一。我想要去北方读那所最好的大学。"看着字就好像看见叶一企热情阳光的样子。

米其林看着看着,就笑了。她把手掌盖在那些文字上,闭上眼睛,心脏跳动,仿佛奏起了一支蓝色的圆舞曲。因为在回信的最后部分,是"其实我也喜欢你,但是我一直没注意到你,你总是那么沉默。教室里没有人，我从外面经过的时候，看见你一个人坐在窗下，托着下巴微微笑着。你的头发真长，真好看。"

第3天再回信过去的时候，米其林说"谢谢你……"

3

天气、学习、校外好吃的烧饼店，还有文具店的白兔橡皮，还有，春天过后，小橘林开花了，有淡淡的香气。这些主题，占据了米其林和叶一企"情书往来"的版面。当然，一切都是偷偷进行的。

时间就像是灰色的小老鼠，等到米其林发现的时候，已经跑过去46天了。关系发展得真快啊！她现在管他叫企鹅，尽管他又高又不胖，但谁要他名字里有个"企"字呢？

"企鹅，你看见我今天穿的裙子了吗？是一条米白色的、带有蓝色花纹的裙子，是我爸爸从外地带回来的。我今天特别想穿，因为我们今天集体去野炊，你也会来。这次野炊，是初中最后一次了。以后就要全心全意为升学考试学习了。"

"哼，我警告你，小心我叫你轮胎哦！好了，对不起，我才不敢这样叫。企鹅也不错，胖乎乎多可爱，就跟你一样可爱。"

"好啊，那我现在警告回去，不许这样比喻我。我以后会瘦，等着吧。我妈说，她以前十几岁的时候也特胖，一到高中，就变苗条了。我也会这样。可是，你还是喜欢我，对吗？"

"当然,我喜欢的是你的人啊!胖一点有什么关系?不过,从现在开始,一点也不能够放松了,因为我想考取东城区的重点高中。你也一样,要考上,对不对?所以你也要开始努力。"

"我会努力的。所以,我们约好,3个月后,就不再写信了。"

4

"一转眼就是升初三的第一场考试了。我的数学还是没把握,心里好紧张。企,你能够帮我吗?我知道,全班你的数学最好了。你在傍晚其他人都走了后,来后面的小橘林给我讲讲模拟试卷的题目吧!"

"企鹅,我的成绩总是不上不下,唉,你就那么棒。难道像我妈妈说的那样,女生就是学不过男生吗?"

"瞎说,没有的事情。我有个姐姐就考上了名牌大学,成绩也很棒。你忘记了吗,我们不是约定好,要读东城高中吗?你应该好好找找原因,问题是出在什么地方。时间来得及,距离升学考试还有时间准备啊!"

"我听你的话,昨天回去,好好想了想原因。我好像真的找出好多来……"

"恭喜你啊,找出来了,就好解决了。"

可是几天后,情况反复了,"企鹅,我真的看见那些方程式就想打瞌睡，我就是学不好数学，呜呜……"在后面，米其林还写了好多"55555"，画上了好多的哭脸符号。

很反常，这一次中间隔了一天，才看到回信。

叶一企这次写过来的话，语气格外重，尤其是最后一句，"米其林，我想，被一个不求上进的女孩子喜欢，我要感到羞愧了。"

米其林的眼泪大滴大滴地掉。毕竟他们年纪不大，不管以后会不会在一起，现在，她只想好好努力，能够在东城高中遇到他。最起码，她不想被叶一企"哀其不争"的目光冷冷瞪着。

今天被米其林牢牢记下了，是"情书往来"的第97天。

5

这已经是米其林写情书的第100天了。

以往信里的主题以生活居多，现在越来越多地被学习这个主题代替。不再商量什么好吃、好用，连圣诞节那天的晚会上，各自用心穿扮的样子，都不再被提及。只是在刹那走神的时候，米其林会想起他脖子上围绕的红色围巾，他偏分的头发和眼睛，都在灯光下显得亮亮的。

第126天，米其林去老师那里看保送学生的名单。其实肯定没有她的，但她仍然想去看一看。果然没有。

第136天，按照约定，为不妨碍各自的学习，升学考试倒数3

个月那天,也就是明天,要中断"书信往来"。

明天,该和他说些什么呢?米其林忽然觉得,心中充满了雾气一样的惆怅。

这些天来,每当觉得煎熬,考题面目可憎的时候,米其林会找出那句话。

然后在心里默默地对叶一企说,你不会因为被我喜欢,而觉得羞愧的。说完后米其林的心就宁静下来,她渐渐感觉,功课已经不再像以前那么难了。

甚至,米其林觉得自己心里有些东西仿佛清晰了起来,比如以前她从来没去想过的——将来。将来她想做什么呢?

似乎每个人,都有一点变化了。

"他有他的理想,我自己呢?"

第137天的晚上,米其林写下最后一封情书。但她心里很明白,不会再有"回信"了。米其林自己的心里,某些东西开始坚定。

"即使你不再喜欢我,我也要好好地努力了。"

6

升学考试后的3个月。

东城中学开学了,前来报到的新生在教学楼前熙熙攘攘。真如妈妈所说,米其林开始变得苗条了。变苗条后,人就显得漂亮了。

她在高一（5）班门口看见了叶一企。他冲她笑笑，说："你也考上了这所高中啊！以后又是同学了。"然后进教室布置桌椅，放下卡其色的书包，摆上新书。

米其林也回以微笑。然后，她回到高一（2）班教室。

从开始到现在，这是叶一企对米其林说过的第一句话，也是最后一句和唯一的一句。

不会有人知道，几万字的日记，米其林已经埋在学校小橘林的地下，在初三接到通知书的那天。

叶一企，只是写在米其林青春里的一个名字，出现过的地方，只在米其林那本散发着橘子清香的日记本里。

也许青春期最容易发生的就是一场轰轰烈烈的暗恋。日记里的每个细节都那样逼真，难过、流泪、欢喜，一个都没有少，可以说是一出很好的恋爱演习。

也许，就如那句话说的，谁也不愿意自己在最美好的青春时代被一个不优秀，甚至糟糕的人喜欢，那真是一件叫人羞愧的事。

她还有足够长的岁月去爱别人。从把握倾慕，到把握自己的感情。将来的事情，将来再说。

平安夜里吻过你

　　按照惯例，学校最后一个圣诞节晚会上的戏剧节目会预先选人，表演者大约有15天的排练时间。在挑选主角时，会先玩一个神秘的游戏——请报名者在纸条上写下他/她觉得最适合的主角名字。如果你是女生，就写一个男生，男生相反，当然还要签下你自己的名字。

　　也许有女生很看好帅气的男生，但是，那个男生的纸条上却写着另一个人的名字。只有苏江的纸条上写着邱橡，邱橡的纸条上写着苏江。主持人走到他们身边说："现在我宣布，主角是邱橡和苏江。"

　　冬天的雪开始下了，今年是提前下的。苏江的脸红红的，回到家，苏江没有像往常一样，陪着妈妈看一会儿电视，而是躺在自己的卧室里，直到她的妈妈主动敲门进来，苏江才说："妈妈，我要出演学校的节目。"

妈妈说："好啊，很好的事情。是什么样的剧目，到时候妈妈也去看？"苏江说："不了，不了，妈妈你那么忙，不要辛苦跑一趟。我们是利用放学后的时间排练。"

连续排练了4天，彩排室里欢乐而热闹。

第5天的彩排室。邱橡闭上眼睛，却没有吻下去。他们只是虚拟地稚气地模仿，呼吸交错……还有身体紧密地贴近，仿佛要把最后一点空隙赶跑。在戏剧里，他们是一对情侣。

这个时候苏江似乎想起一些什么，突兀地问道："我们会一直在一起吗？"邱橡停了下来，睁开眼睛："你是说，在大学里相见吗？"苏江点点头。

"那看你是不是跟我去一所大学。"苏江推开了邱橡，站立半晌，说："我要回家了。"

苏江看到妈妈躺在沙发上看电视。妈妈说，饭菜在厨房保温着，端出来就可以吃了。苏江就去慢慢吃了起来，喝汤，夹菜。妈妈似乎有点焦虑，电视的画面不断更换，频道一个一个地跳过去。苏江端饭的时候她躺在沙发的左边，苏江吃完时她又换到了右边。苏江吃完、收拾好碗筷出来，妈妈又换到了左边。跟苏江说晚安的时候，妈妈凝视了苏江好几分钟，似乎在担心着什么，却又藏着一点喜悦，但最终什么话都没有说。

第8天，妈妈对打算出门的苏江说："今天晚上你陪我坐一下吧。"苏江愣了一下。妈妈问："好吗？"妈妈曾经发过誓，绝不做那种干涉孩子自由活动的妈妈。可是现在，她想把女儿挽留下来。电话响了，妈妈去接。苏江在一边说："妈妈，一定是邱橡，你和他说今晚我休息一次，不去了。"

那个男生讲话的声音，斯文、温和而且礼貌，她不止一次在电话里听见。作为妈妈的她，忽然改变主意了："苏江你去吧，不过要早点回来，路上一定要小心。"

她看着苏江绽开笑容走出去。她知道，苏江记挂着一起排练的朋友们，苏江更愿意跟邱橡在一起，而不是和她闷闷地看八点档的肥皂剧。苏江的笑容使她喜悦，而喜悦之后，沉沉的失落涌来，她其实想做一个不讲理的妈妈，有一千个理由留下苏江，但她一个也没用。她靠在沙发上，睡着了。

彩排的第10天。其他同学问："你们还不回去吗？太晚了，我们走了。"邱橡站在门口说："你们去吧，我们多练习一下，晚点就回去。"人走空了。排练教室安静下来，门也关上了。暖气从角落更加旺盛地涌出来、弥漫开。

两个人各自舞蹈起来，旋转，然后接近，又分开，最后拥抱在一起。外面冰雪寒冷，而窗帘拉下的房间里，空气是热乎乎的，苏江的眼神是热的，邱橡的眼神也是热的。

9点钟，整个学校的灯光渐渐暗下去。噼啪的声音响起，两个人瞬间分开。苏江跑到窗户边，拉开窗帘，她看见几米远的地方,彩色的焰火冲上半空。是谁在提前放烟火啊?苏江忽然想起她和妈妈约定的时间,回头说:"我该回去了。"邱橡的眼睛里,有难以觉察的东西,最后他说:"我送你回去吧。"

终于到了平安夜,剧目是《罗密欧与朱丽叶》。剧情里罗密欧与朱丽叶有一吻,很轻很柔和的一个吻。演出时是一定要吻下去的,他的吻细致而迅速,温热里带一点凉。然后大礼堂响起笑和鼓掌的声音。演出时雪又下起来。

散场的时候,邱橡第一次没有送她到路口。他把伞递给了苏江,招招手,说:"我走了。"

苏江一向是温顺听话的好孩子,一直都是,她不可能违背妈妈的话自己去选择大学。当她听到邱橡说的大学名字和她心里想的不同时,苏江知道,自己的初恋已经完结。

苏江冒出一个念头。她把伞收起来,夹在胳膊间,站在路口许久,任雪落在头发上。她是愿意的,如果不是被那场意外的烟火给惊醒。现在所有人都知道,那个吻,是苏江愿意给邱橡的。苏江发现自己没有一点遗憾。那么短暂就结束的爱,以一个亲吻结束,一个就足够。

妈妈这一次坐在饭桌前等着,没有看电视。她什么都没说,她知晓一切,小小的女儿已经长大了。苏江对妈妈说:"很成功,我们演出的《王子复仇记》好极了。"妈妈只是将苏江揽到怀里,拍去女儿头上的一点雪花,抚摸着她的头发,吻了吻她的额头。在妈妈的后脑勺,也有一点雪花渐渐融化,消散无形。

从妈妈抱那个婴儿开始,她就知道,总有一天苏江要长大,要去学会如何爱自己所爱的人。而妈妈要学会的,是如何爱苏江。

手绢的秘密

诺贝尔文学奖得主赫塔·米勒有一本小说叫《心兽》,这本小说有一篇很长的自序。序言的开头,作者写了一件出现在她生命中让她耿耿于怀的小事。

幼年的她每次清早出门,总是忘记携带自己的手绢。然后,母亲会喊住她,提醒她:"米勒,你要记得带上手绢。"然后她才心满意足地去上学。

忘记、提醒,日复一日,周而复始,形成某种规律,伴随她的童年。其实,她是故意忘记带的,因为这样就可以获得一种微妙的证明。

一个真正的母亲,总会细致入微地照顾子女。为了反复体验这种母亲之爱,她才不断"忘记"手绢,唤起母亲的提醒。母亲的关怀,就蕴含在手绢中。

读到手绢的故事时，我在一个南方城市的友人家里。站在他的书柜前，我一瞬间想起另外一个小孩子，只不过，这个小孩子是臼井仪人作品《蜡笔小新》中的人物，他叫野原新之助。小新每次回家，总爱冲妈妈说："你回来啦！"这个时候他的妈妈总会纠正他："小新，你应该说'我回来啦'。"小新总会露出大为震惊的神情，再说一句"我回来啦"。

我一度以为，小新的这个习惯是一个顽童的恶作剧，漫画家也只是表达小新的逗乐之处，描述他跟妈妈之间的胡闹。但当我在不同作品里再次见到类似场景，我便完全理解了那种非常隐蔽的、潜在心底的心情。我忍不住含泪微笑了。

这算是小孩子的秘密吗？或许是。大部分人恐怕都有过这种行为，尽管自己都不是很明白自己内心深处的动机：为了获得被爱的感受。我们的心执着于寻觅爱意，以爱为食物，甚至主动制造、扩大生产，再吃下去，才能够饱足平静。

小女孩米勒渐渐长大了，总有一天也会成为母亲。我不知道女作家赫塔·米勒是否有女儿，我只能默默地猜想：有一天，当她的孩子也做出这样的"小心机"，她必定万分洞悉这种自己曾有过的想法，温柔地与孩子配合吧！

我甚至还推测，这母亲即使洞悉秘密，却也一定秘而不宣。这份心意，无声无息，潜移默化。

于是，"小心机"的境界又为之一跃，进入更柔软的境地。

我们活在这个世界上，此种"小心机"令我们变得沉静温柔，仿佛穷尽孤独时遇见汹涌人群而倍感欣慰，寒风中饥肠辘辘时接过一大杯热可可，长途列车抵达终点站时两脚终于站稳于站台。

请务必记住这类"小心机"，代代传授。

亲爱的小孩

还记得当年毕业后第一次回家,大家一起围着大桌子坐下,我藏在心底许久的问题全部冒出来。问题是向老妈问的。

"老妈,大学一年级开学的时候,都是你帮我买齐全部的日常生活用品,让我打包带上,现在怎么这么懒惰了,都不帮我买了?"

"老妈,我以前过节不回来,你总是要给我邮寄饺子啊,月饼啊,衣服啊什么的,为什么现在却没有了?为什么连电话都少了?从以前的一周一次,到每月一次,最后是一学期才打两次电话。一个是我到学校报到时打的,一个是放假回家前打的。"

……

我一句一句地质问,理直气壮,还带着抱怨。

老妈抬头一笑,问道:"那,离开了老妈,你一个人生活得下去吗?过得还好吗?"

我一下子又得意了起来:"当然过得下去,而且过得还很不错。"

"我现在所有的事情都自己做,不再遇到事情就急,而是出问题就自己想办法解决。我发表很多文章,拿了许多稿费当零用钱,再不用向家里要钱了。我胆子现在特大,找工作的时候自己一个人找到用人单位,一个人出来闯荡!对,就跟电视剧里一样,独闯江湖……"我越说越得意。

老妈看着我笑,一句话也不说。笑完了,又怔怔地看着我,无比怜爱。

我的话戛然而止。我忽然说不下去了,我感觉自己心里一酸。

想了许久都没有答案的问题,我在一刹那间明白了。

无数个为什么,原来都只有一个答案。

这是一位母亲对自己孩子的一份真正的爱。

她要用多少个日夜,才能够收藏起自己的思念,锻炼出自己的淡然,让自己能够不去天天打电话给孩子,从而让孩子独立,而不是让孩子仍然依赖着她长不大,用母爱去束缚孩子的翅膀。

那么多年,在她膝下的那个乖顺的小孩子,是怎样长大的?又是怎样学会坚强与自立,一个人去走人生的路,再也无所畏惧?而她自己,是怎样习惯小孩离开自己四年,以及从此以后孩子志在四方、去更加遥远的地方?很多父母亲有另外的做法——把孩子圈在身边,隔着千万里,仍然当孩子没长大一样照顾着,让孩子日渐失去独立成长的机会。那种带着些微自私的亲情，让多少孩子虽然有翅膀，却总是无法去广阔天地飞翔。

  谢谢母亲，感谢她为我所做的，感谢她伟大的放手。而这一切，只是为了她的孩子，能够翅膀更加硬朗，能够飞得更加遥远、更加高。那是一种更加悠远而深沉的母爱。

世上最大的孤独

安娜最不情愿参加社会活动，对年长的邻居尤其没耐心。她是那种认为所有老年人都很"无聊"的人。祖母警告她："安娜，有一天你也会老的。"

"那也没关系，最多不过是一个人待着，老死都没关系。我挺宅的，有手机，有电脑，还有比萨就可以了。"安娜回答祖母。

安娜的祖母摇摇头。

安娜还年轻，才21岁，她的祖母刚刚度过60岁的生日。

不过当时，安娜还没碰上莱辛小姐。

莱辛小姐住在当地的安养中心。关于安养中心有一些不太好的传闻，因为里面住着脾气恶劣、性格糟糕的老头子和老太婆。

必须承认，安娜申请到安养中心工作，纯粹是因为那里离家很近。如果干得不开心，什么时候都可以辞职。

去申请工作的时候,负责接待的工作人员告诉安娜,他们需要一个助理护士,并且问:"你准备好了吗?要试用一段时间。"

安娜说:"可以。"

这个时候,有人带安娜到一个充满阳光的房间里。她握着申请表格,在一张桌子前坐下。在安娜的面前,是二十多个上了年纪的妇女,一个穿灰色衬衫、黑色裤子的女人带着她们做运动。安娜冷眼旁观,认为那个带领大家做运动的女人看起来毫无热忱。

安娜心想:我绝对比这样一个木头人做得好,我懂得微笑,衣柜里还有色彩鲜艳的衣服,不至于让人看着压抑。

她填好申请表格,交上去。

不久,工作人员给安娜打电话,通知她:"你什么时候能够来上班?我们不能正式聘请你,但是,你可以以实习生身份来,我们会支付酬劳,直到你成为正式工。"

安娜感到惊讶,马上答应:"一个小时后。"

她得到了一份工作,并且满足她的条件。至于通知她的机构组织,安娜能够想象他们有多缺人。

从那天起,安娜的生活改变了。每天一醒来,她就会想:老人们都还好吗?比里,杰克,还有珍丽?

安娜发现,和他们相处没有想象中那么无聊,他们每个人都有自己的故事。

杰克老爹喜欢喝酒，微醺时，话特别多，会讲他当年的英雄传奇，据说有十多个南非女孩儿围绕他打转。珍丽是个"老小姐"，做的意粉特别棒，虽然她常常忘记自己要做给谁吃，以及会把番茄酱煮得有点糊，毕竟她已经71岁了。她的儿子有时候开车带着孩子一起来探望她。她不断叫错儿子和孙子们的名字，然后陷入沉默。

在这些老人中，莱辛最孤寂。86岁的莱辛，还很清醒，不像很多老人记忆混乱，思考能力消失殆尽。

她的样子也不怎么可爱，手脚很大，身体总是倾斜，总是坐在安养中心的蓝色椅子上，流淌着口水，嘴巴松开，露出残损的牙齿。她的头发也不怎么梳理。最糟糕的是，无论安娜说什么，她从来不开口跟安娜说话，除了吃喝拉撒需要协助外。这让安娜觉得很挫败。

莱辛只有一个亲戚来看望过她。

安娜见过莱辛唯一的亲戚，是她的侄女。这个侄女来看望她时的情景，几乎都是一样的。保养得当、染着褐红色头发的侄女冰冷地对莱辛说："支票开好了，账单也付了。你还好吧？"

得到敷衍的答复后，她的侄女便离开了。

唯一的亲戚对待她也只是如例行公事一般。莱辛小姐的世界，显然是冷酷无爱的世界。

那么她的沉默无语，多么让人理解。

莱辛在椅子里越缩越小，那是极为衰老的典型情况。安娜很清楚,莱辛的健康已经很糟糕了。来到这里工作之后,安娜翻读了护理手册,发现大多数人会衰老到被疾病带走。而大多数的疾病,在这个时候,连医学治疗也无效了。人们还能做什么呢?只能给予他们最好的陪伴。世人管这叫临终关怀,但安娜不是很能理解其真正的意义,尤其是当莱辛的亲人也很冷漠的时候。

安娜决定给莱辛多一点关照,给她带一点流质的甜品。莱辛喜欢吃这些小甜食,但她无法咀嚼。到了这样的年纪,牙齿纷纷同她说了再见。

莱辛吃得很少,于是安娜拿小勺子给她喂一点点,让她尝一点点味道。

天气好的时候,安娜和她聊天,说小道故事、新闻,或者任何值得说道的事情。偶尔安娜会推着她到户外晒晒太阳。

安娜一开始只想完成任务、拿到薪水,后来不知不觉地会主动和老人们说话。尽管莱辛仍然不说话。安娜有时候会握着莱辛的手,不断地说话。也许只要莱辛觉得这个世界不止她一个人,有一点响动就足够了。

直到有一天,莱辛忽然开口说话了,这令安娜惊讶无比。

她喃喃地说:"把腰弯下来……安娜,亲爱的安娜。"

莱辛太瘦小了,安娜只能蹲在她旁边。安娜没想到,莱辛早已经牢记她的名字。

莱辛几乎是恳切地请求:"安娜,抱我!"

安娜愣住了。

"就当是，假装你很爱我。"

安娜抱住她，用尽所有的爱来拥抱她，手臂环绕住莱辛的身体，像是天空覆盖地面，没有丝毫的假装。

"嗨，请你别笑话。"那一刻，安娜努力用一种快乐的语气说，"我的确是爱你的，莱辛。"

不过，她没能忍住眼泪。

莱辛小姐在两天后的半夜去世了，平静而安详。当天安娜没有值班，莱辛在去世前叮嘱负责人，把她的古董镯子转送给安娜。

安娜觉得，自己再也不会随随便便说那种话了——"哪怕是一个人待着到老，也没关系。"

当一个人老了，活在世界上最大的愿望，是仍然渴求爱。

莱辛赠给安娜的手镯，她妥善收好，当作纪念。

晚上回到家，和一家人吃饭前，安娜抱了抱母亲和父亲，也抱了抱祖母。虽然他们之间仍然会拌嘴，也仍然会吵闹、别扭，但父母和祖母或许没觉察到，对安娜而言，一切已和从前不同。

听完这个故事的你，也许，此刻脑海中浮现出的人，就是你想拥抱一下的人。

少年的我 /

1

我曾经久久地凝视着窗外的银杏树,其实,我并不是在观察什么,我只是百无聊赖。

少年时代的我是一个学习挺认真,但成绩比较一般的学生。整个中学时代,最好的成绩也就是前十名。这样的我在班上受到了老师的一点点关注,觉得我有可能增加一个考上好学校的学生名额。所谓的好学生总是有那么一点点特权的。但我又不像前三名的同学,他们是那么用功。尤其是,当我发现不管我很用功还是不用功,成绩总是稳定在固有水平时,我就多出了很多走神的时间。

在我心有旁骛的时间里,除了看窗外,再就是回过头打量我身边的熟悉面孔。绝大多数中规中矩的面孔当中,总有一两个是鲜明而犀利的。

那次我回到学校,是刚刚结束了病假。在家调理休养半个月,又没什么食欲,一下子瘦了许多。重回学校,有一种亲切感。教室里只有两个女生在窃窃私语,然后就是末尾一排,雷打不动坐着的那个男生。

女生不去上体育课,自然是有特别原因的。至于他……我默默地在心里给他取了个绰号:圆规。

圆规这个人,挺孤僻的,但又可以理解,他也有他的特别原因。

他常常咬着一把透明的塑料尺子,右胳膊按住试卷,左手拿着一枚不锈钢圆规,画着几何图形。

画完了圆圈,他就发出一声响亮的"呸",把尺子吐掉,得意洋洋地把头一扬,他那中分的头发,就在半空中甩一下。接下来他如释重负,一只手拿着铅笔答题,整个人倚靠在椅子上。他的脚还时不时地把课桌一踢,发出刺耳的摩擦声音。用一个词来形容,就是嚣张。

别的男同学看到他这样,都会露出不以为意的神情。女生们很少跟他说话,似乎有点怕他。男生们不以为意的同时又拿他没有办法。

在一个班上,有如此嚣张的男生,大家可能早就忍不住想找他的茬。男生就是如此,在荷尔蒙的驱使下,比较容易起冲突。

我跟圆规这个人平时也不打交道。我们的座位相隔一个小组，没什么机会碰头说话。随着考试将近，座位常常有调整，成绩好的往前挪，成绩差的向后移。爱说悄悄话、跟同桌如胶似漆而不安心听课的，自然是被强行拆散。偏科很严重，但是又有希望突破分数线的，那就两个"瘸子"互帮互助。"瘸子"不是一个文明的词语，带有歧视的意味。只不过在许多年前，大家还没来得及注意到这样的细节。

圆规和我唯一的交集，就是他从后面递作业给前面的小组长时，中间会经过我。

某天圆规一反常态，主动跟我搭腔："咦？咱俩撞衫了。"

我看了一眼自己身上的衣服，再看看他。真的就这么巧，我们两个人穿的都是那种宽大的白衬衫。

我闷闷地解释了一句："我的换洗衣服还没有晒干，下午我家里人会给我送过来的。这是我爸的衬衫，临时借给我穿了。"

圆规嘿嘿一笑："难怪看起来那么老气横秋的。"

问题是他有什么资格笑话我？他穿的也是一件老气横秋的白衬衫。我脑中灵光一闪："我知道了，你也穿的你爸的衣服？"

圆规同学把铅笔夹在鼻子和上嘴唇之间，点点头，表示是的。有些人青春期长身体很快，大人们为了省钱，不会频繁给孩子买新衣服。

想起这些，我心头按捺不住反感，只笑了一下，就去找自己的课桌椅子。没想到，我的座位居然只跟他隔两三米远。

看来在我请病假的日子里，我失去了存在感。不知不觉，位置就被挪移到教室后面了。

"我们后面看风景多方便呀！对吧。以前你可是第一世界的，现在变成第三世界的了。"

他这是在拿历史段子来取笑人。

我呵呵笑了一下，一时间竟不知道如何回应。干脆不搭理他，擦起桌椅上落满的灰尘。

"其实我这个位置，可以一览无余。前面的人在干啥，我全都看得清清楚楚。阿杰，你常常溜号儿。每次班主任在台上板书的时候，你都在看窗户外面。我还以为你在看班花呢，结果窗外面什么都没有。"圆规一只手抱着自己的脑袋，嘴里嘀嘀咕咕的。

我跟别的同学不一样。我是个从小就很早熟的孩子，很爱读书，各种类型的书都看，六七岁的时候，就忍不住思考起生死，还有人世间无可避免的孤独这类问题。为什么我的内心只能听到我自己的声音和想法？别人心里在想什么？许多年后我才明白那叫作"二分心智"，用来解释人类意识的起源。

但是，我不想在老师、同学和家长眼里，变成一个古怪的孩子，所以我会随波逐流。

我眯起眼睛，凝视了圆规片刻，笑道："来，我陪你聊会儿天吧。"

圆规一愣。

其实，在我更加年幼的时候，我就知道，人总是喜欢表现出与内心相反的一面。因为我很喜欢看的中国古典小说《红楼梦》里面,就写了很多这样的人。

他既然是大家眼里嚣张的人,那么……他的内在可能会刚好相反。

"聊什么呢?"圆规有点尴尬,变得不自然起来了。

"干吗不找同学帮忙?"我轻声问道。

"帮什么忙?"

明知故问。有些眼力见儿的人都看得出来,他日常有许多费力不便之处。

"鬼要你们帮忙。"圆规的语气粗暴起来。

"要说帮太多也不现实,就比如说洗头发吧,帮你挤个洗发水还是没问题的啊。"

圆规霍然站起来,恶狠狠地瞪了我一眼。

他把铅笔从嘴上拿下来,丢到地上,笔芯立刻断掉,"你,什么意思?"

"刚才不是你先跟我搭腔的吗?"

圆规噎住了,握紧拳头,"你是不是想打架?"

2

我摸摸自己的胸口,肋骨分明。虽然大病初愈,但我还不至于在他面前示弱:"你要是不怕记过处罚,行啊,我也不怕。"

哐当,圆规踢翻椅子,他靠着墙,怒火中烧。我则镇定自若。

我在老师眼里一向是一个乖学生。如果真的打起来了,充其量我会被记过。平日里循规蹈矩的我,还是有那么一点犯错的额度的。

至于他,他本来就是借读生,怕是都不用找校长网开一面。在同学眼里,借读生本来就不是这个学校的,书包一卷,就能走人。

不过,我还是把解开衬衫袖扣的手缩回去了,放在胸口下面,只留一支空荡荡的袖子。

"你这是什么意思?"

"公平的意思。"

其实我不擅长打架,但事到临头,也没什么好怕的。

结果,圆规忽然泄气了,他一脸的不知所措,他大概第一次遇到我这样态度的人。

我们之间大概沉默了几分钟吧。

在我的记忆当中,那几分钟特别漫长。我不知道他到底想不想打架。袖子里空荡荡的,当时已经是秋天,窗户开着,风灌进来,还是挺冷的。

坐在前排的两个女生远远看着,完全不敢靠近。

"你说的帮忙,是真心的吗,还是讽刺?"圆规的头扭向一边,没看我。

"真心的。同学一场，彼此之间本来就应该相互帮助。"我慢条斯理地回答他。

"你这个人也挺古怪的。难怪别人说我们班有好几个怪人。"

真的啊？我都不知道自己已经被划分到怪人里了。

"有多怪？"我问道。

"像是学霸，又不够学霸，心不在焉，还玩什么文学社。"圆规语气里带着讽刺。

倒也是，在这种一切以高考分数为终极目的的中学，搞什么文学社，太出风头了。

语文老师很欣赏我的文字，还当作范文提及。不过我参加全国中学生叶圣陶杯比赛，得奖的却是另外一个女生。我写的东西，不是那么符合作文的标准模样。

"那我们还打不？"当时我追问。

"算了吧。"

"那就好，打架是不对的。我也未必打得过你。"

圆规笑了，伸出手指，对我比了一个动作。

我也毫不客气地回赠了一个。

然后各自回到座位。

下课铃响起来，其他同学陆陆续续回到教室。

我忍不住又瞧了一眼窗外。学校的教学楼实在是太旧了，内外墙面都有裂痕。秋天银杏的叶子明亮璀璨，而爬山虎枯萎衰败。光线穿过云层,又隐入云层。

我和圆规的这点事,只不过是无关紧要的小插曲。既没有人报告给老师,我们自己也懒得再提。

3

黄昏时刻,在学校食堂吃完饭,我跑去校外买了一瓶热牛奶、一些零食和一对电池。我要补上被病假耽误的课程与作业,打算深夜打着手电筒在被窝里温习。

毕竟是同一个班的,宿舍也在同一层楼,不出意料,我又碰到圆规了。学生宿舍每层楼的走廊尽头是一排水池,有十几个水龙头。平时洗脸、刷牙、洗衣、洗头,大家都在这里排队。

他看起来不慌不忙,但实际上我知道他是烦躁的。

无论如何,一个人只有一只手可以用,还是不大方便吧。圆规看见了我,眼神似乎闪了一下。他没有开口说话。当然,我觉得他更加不会开口喊我。

不管多大年纪,人都是要面子的。年少气盛的时候,尤其爱面子。

我朝他走过去,装作没看见他。

三秒钟后,我转过身,看见圆规垂头丧气的。哈哈,我暗笑。

"来吧,我帮你。"

"你这个人,说话还挺算数的。"圆规嘟囔着。

有些事,是挺难搞的。当事人如果过于敏感,觉得要别人帮忙是件挺伤自尊的事,他就不会主动开口。他平时表现得又不太友好,那自然没人愿意冒险。

圆规抓起毛巾往自己头上淋热水,我挤出洗发水倒在他的头上。他动作熟练地揉搓出泡沫,再喊我:"老马,帮我冲一下。"

我根本就不姓马,我姓冯。他自作主张,减了两点水。

我感到奇怪。

圆规同学振振有词:"昨天语文老师不是讲过,古文里将恩德形容为广施甘霖,就是洒水的意思。既然你做了功德,也就是洒了水,水少了,不就变成马了?"

这家伙完全是胡言乱语。

不管怎么说,同龄人帮他洗头,他一开始还有点不适应。末了,他终于憋出一句:"不用谢。"

"我谢你?"

"你不是喜欢写写画画吗?下次参加作文大赛,你就能写一篇助人为乐的文章,保证能得奖,说不定高考还能加分。"

我哈哈大笑:"你就瞎扯吧。加不了分,除非是特招保送。"

我不知道我们是不是算好朋友了,我只知道,岁月有限,人一生中的学生时代,逝去了就再也不会重返。毕业以后地北天南，说再见后，恐怕就再也不会相见了。处得来的中学同学，到了大学会有新朋友，大学毕业以后，朋友们也要各奔前程。人生如斯，早已经写在无数前人的故事里。

圆规童年时代贪玩，跑到供电站的院子瞎晃悠，为了摘果子翻墙，懵懂无知，触碰了变压器。等抢救回来，他失去了右手。

在来到我所在的班级之前，他已经跟太多同学闹过矛盾，也就是打架闹事。是他那位曾当过校长的爷爷四处游说，找到昔日的学生，也就是我们学校的副校长，向他求情，圆规才来这当借读生。

但在本校，他还是那么特别的存在，总一副混不在乎的态度，像无人靠近的荒废区。因为他自身性格拧巴，老师也很少管教他。

或许他真正应该感谢的，是那件与我家的相似的白衬衫，那让要面子的他，有勇气触发那段小插曲。

嚣张的人，其实很寂寞，如同挥舞大钳子的螃蟹，虚张声势多于实际的好战性。什么事都要靠自己，一颗硬撑着心也很累啊。

圆规这人，始终没跟我说过谢谢，只是周末放假回家休息，再返校时，经过我的课桌，会丢给我一包麦芽糖。他这就算向我致谢了。当我是灶王爷吗？灶王爷上天言好事，下界保平安。

我心安理得地吃掉一半，剩下的分给了前后桌的女同学。

他安静地待在教室最后一排，不再发出干扰人的响动。他的头，我也帮他洗了一学期。后来他考了一所大专，离开了本省。而我考上了本省的一所大学。

没有手机的年代，在毕业通讯录上，我们互写临别赠言。圆规给我的赠言颇古怪：你老盯着窗外的银杏树看，你也挺像银杏树，深深地祝福你。

这么没头没脑的一句话，什么意思？我也就过眼即忘了。我们渐渐失散在时光中，没有联系。

大学毕业后，我择一城定居。一眨眼许多年过去，我家门口的那一棵银杏树长势良好，有接近楼顶那么高了。我偶然间凝视户外，目睹一大片云掠过那棵银杏树的上方。云影投下，整棵树都变得晦暗。过了一会儿，云影挪开，极好的阳光猛烈而笔直地照下来，也许是风的摇动，也许是流浪猫在挠树，那棵树仿佛颤抖了一下，爆炸似的剧烈闪耀起来，如同黄金在大地上跳舞。这个景象令我瞠目结舌。

没过多久，天光云影恢复如常，银杏树也恢复了普通的模样。

我顿悟：也许在当年的某一刻，少年的我，在少年的他眼里，就是这么一棵银杏树，机缘巧合之下，迎来高光时刻。

此生的珍宝

我推荐你去看《神秘巨星》,这是一部优秀的电影,其中主演阿米尔·汗尤其值得称赞。

好的电影风格各异,模样不一,但它们一定有共通之处,那就是有意义,并且这个意义绝不复杂,直指人心。

伟大的电影,能把最平常、通俗的故事讲得扣人心弦,令人热泪盈眶。

一个出身小地方的14岁女孩,自带音乐天赋,在视频网站上传了她唱的歌,但因为害怕爸爸的拳头,她不得不听从妈妈的建议,戴着黑色罩袍唱歌。

她的妈妈,被生活、家庭压迫,活得十分屈辱。当自己的女儿也面临这样的命运,自己的儿子,长大了也有可能变成那个残暴的父亲,她应该怎么办?

第一点,要依靠亲情。孤军奋战太艰难,亲人是我们近在咫尺的战友。

父母给了我们生命,婴儿诞生之后,注定让家庭发生变化。

在重男轻女的社会,一个女孩的到来可能就是一出悲剧。女孩本来没有做错任何事情,只因为她是女孩,就被扭曲成丑陋的样子。

有些愚昧,就是要大张旗鼓地抨击,比如重男轻女。过去有些地方出于利益压迫,出于陈规陋习,有着根深蒂固的重男轻女观念。

但是我们这一代读书明理,习得智慧,增广见闻,至少能够从自己做起。男女平等,是对男女都有好处的进步,否则,不平等的愚昧就会反过来损害我们,反噬我们,继续伤害下一代。

娜吉玛,这个备受摧残的软弱母亲,如何让孩子在温暖和爱中长大?

当女儿尹希娅无法忍受父亲,强烈要求妈妈与她一起逃跑、离开这个家庭时,出于惯性,出于对孩子的牵挂,娜吉玛陷入犹豫。她并非愚蠢,也不懦弱,她只是太孤立无援,一个人与整个国度的陋习传统对抗,力不从心。她曾经为了心爱的孩子抗争过,已耗尽了心力。

但是没关系,改变从来不是一蹴而就的。一次又一次的压迫、挫败、愤怒、眼泪,一次又一次的妥协、屈从……最终会使勇气爆发。

在娜吉玛尽力给女儿自由和爱的过程里,天才的种子,在最贫瘠的土壤中发芽了。娜吉玛偷丈夫的钱,给女儿买吉他。娜吉玛卖掉金项链,给女儿买电脑。

不知不觉,女儿显现出音乐的天赋。不知不觉,女儿继承了她前半生的斗志,拿着学生证,独自坐飞机前往孟买,成功地跟大制片人接头,并且成功地用歌声说服了制片人。

电影一开始的时候,我特别奇怪,年纪小小的尹希娅为什么脸上总是一副无所谓的微笑。后来我明白了,那是无可奈何,是隐忍。她目睹所有的家暴和不幸,是痛苦和天赋催生了她歌声中的力量。

尹希娅的妈妈娜吉玛,年轻的时候拼命和整个印度社会的"重男轻女"陋习对抗,不愿意堕胎,跑掉了,生下女儿才回来。一个母亲的伟大之爱,令世界上多了一个小生命——尹希娅。

妈妈教会了女儿什么是爱,孩子反过来激发了她的勇气。是女儿尹希娅,让她的妈妈娜吉玛完成了第二次成长。看着女儿唱出天籁之音,看着女儿拥有百万粉丝,看着女儿走向世界,看着整个国家喜欢着女儿的音乐作品,娜吉玛的内心其实早已翻江倒海。

一个勇敢的妈妈,一个强大且智慧的妈妈,对于孩子来说,胜过动不动便家暴的父亲一万倍。一个有欢乐和爱的单亲之家,胜过貌合神离的虚伪婚姻一万倍。

爱和耐心,才是孩子渴求的永恒光辉。

人生的勇气从何而来？相爱的人，彼此激励和鼓劲，同仇敌忾，最终走向坚定无惧。

第二点，相信爱情。钦腾，那个爱她的男孩，是尹希娅生命中最好的礼物。

那个嘴巴瘪瘪的，牙齿也不整齐，面孔黝黑的男孩，对尹希娅怀着最深的感情。

这也是这部电影的伟大之处，聪慧灵秀、眼睛有灵魂光彩的女孩，与一个朴素无华的男孩相配。没有找一个美少年当男配角，是导演的境界。

永远不要拒绝一个真心爱你、善待你的人。如果你因为自己的无助愤怒伤害了他，请抓紧时间向他道歉，重新和他在一起。

真正的爱人，是你人生道路上最有力的后援、最长久的支持者，与你并肩作战，对你温柔深沉。

如果没有钦腾的全力付出，尹希娅早就希望破灭，或半途而废，甚至根本不会接到夏克提的电话。

那男孩，是人世间的珍宝，是尹希娅的福气。当她用男孩的名字设置电脑密码，就意味着她已懂得欣赏接纳一个人内在的美丽。

钦腾的聪明敦厚，还体现在点醒尹希娅。让尹希娅不至于走向偏见，走向厌男症，变成那种嚷嚷"男人没一个好东西"的人。

世上当然有优秀智慧的男子，只不过优秀智慧的人，会喜欢同样优秀智慧的人。

成为伴侣，意味着两个人从此绑定在一起，一荣俱荣，一损俱损，所以双方应相互呵护，相互支撑，相互协助，斩去一路的荆棘野草，共建美好家园。

第三点，借助这个世界的善意。看似是"渣男"的音乐制作人夏克提，其实是个纯真的孩子，他的老江湖作派、油腻的言行举止，其实是他用来保护自己的面具，是他在娱乐圈生存的道具。这个花心大男孩，是改写了尹希娅命运的关键人物，他令尹希娅最终站上舞台，有勇气说出心中的话。

能写出打动人心的音乐作品，夏克提这人坏不到哪里去。当尹希娅的黄金嗓音重新唱起他十年前的曲子的时候，他泪流满面，暴露了内心的深情。

他们有共鸣。天才和天才惺惺相惜。有更高境界的天才，根本不会打压年轻的才华新星，而是会尽力帮助新星、成全新星。成全下一个天才，也就是成全他自己。

这个世界会更好。那些觉醒的英雄，那些抗争过的勇士，为我们留下了故事。它们化为电影，化为小说，化为艺术，化为歌声。

这世界从来不是一下子变好的，是一点点地推着巨大石头往前走的一代代人，用长久的战斗，不断证明人间珍宝——爱的意义。

爱是最俗套的字眼，但爱也是人生中最大的意义。

如果没有爱,生命本身有什么意义?

如果没有梦想,人和咸鱼有什么区别?

如果生命没有意义,睡着和醒来有什么区别?

并不是人人都能扭转命运,改写人生,走上巅峰,万众瞩目,但是我们心中有微火,通过一次次地复习这种斗志,一次次地致敬英雄人物,我们终能获得走上山顶的勇气。

娜吉玛的底线,是女儿的吉他。她在机场跟丈夫对峙的一幕,绝对可以留在影史里——那么破釜沉舟,那么沉痛而勇敢,那么大快人心。

尹希娅和她的妈妈娜吉玛,制片人夏克提,朋友钦腾,还有体贴的弟弟古杜和睿智的姑婆,共同完成了一个神秘巨星诞生的奇迹。

我看完这部电影,像做了一个长梦。长梦醒来,胸中的激动余温,并不会化为灰烬,而会温热地燃烧下去。

其实,亲情、爱情、世界上他人的善意,正是三件人生的珍宝,它们提醒我们:人生自有眼泪和欢笑,但我最骄傲的是,我守住了自己的初心,和所爱的人一起并肩作战,直至打败我们内心的畏惧。

俯首为猫奴

我一直不大明白，猫奴们都是什么心态。一个成熟的小区的显著标志就是猫很多，尤其是流浪猫。下雨的时候窗户外会突然出现一只棕毛猫，居高临下地瞪着你，意思是：我要避雨，你开不开窗？我能不开吗？看那猫的眼神，根本就是在说，做人没爱心，光棍打到老。

吃饭的时候阳台上传来大呼小叫声，少不了也得把碗里的鱼分出去一半。你不给，它们有本事闹得你整个午睡都泡汤。把猫赶走？那你就想得太天真了，没几分钟就卷土重来。饿肚子的猫会把家门口的垃圾桶翻个底朝天。

当然了，我之所以对猫有爱心，有一半原因是友人的熏陶。

我有个朋友养了六只猫，只要在街头巷尾看见野猫，他就忍不住蹲下身，一脸谄媚，"喵，跟我回家好不好？"

那天我跟他一起吃完饭，出了火锅店，带着一身酸菜鱼味，立刻在门口引来一只黄毛猫。这人老毛病又犯了，卷起袖子，把脸凑过去，"老佛爷，您要不跟小的回去吧，咱绝对把您伺候得舒舒坦坦。"

不知怎么回事，虽然瞧不上他的那副模样，但我耳濡目染，早已被友人拉去逛宠物市场，一番游说之下，鬼使神差地也养了一只猫。

但我这种普普通通的宠物主人，永远搞不懂顶级猫奴的心。

同是养猫人，我实在瞧不上他那副低三下四的猫奴样，于是出言嘲讽。朋友立刻反唇相讥："别装了，上次我亲眼看见你家那猫打你的脸，还连打了三次，你还不是吼两句，没动它一根指头。"

我必须和他划清界限，"我是只对我家猫这样，你这种有猫就是主子的天生猫奴，大街上都是你的主子，没救了，快离我远点。"

友人抱着黄猫，喂它吃他随身携带的妙鲜包，万分陶醉地回了我一句："我乐意。"

我好心提醒他："你再收留下去，一个月工资就养不活你了。"我这位友人很认真地说："但是我还年轻啊！"

多年前最初认识这位友人的时候，他不是这样的。

据说"真汉子"海明威养了34只猫，这个一辈子俯首甘为猫奴的作家，让人实在没法把他猫奴的形象和他倡导的硬汉文学相联系。

英国前首相温斯顿·丘吉尔也很爱猫。据说他养了一只大白猫，吃饭时一定要与猫共餐，不然就没胃口，无精打采，心不在焉。有时候到了该吃饭的时间，他发现猫不在，就打发佣人去找，直到找到心爱的猫，等它回来了、跳上桌，他才正式开始吃饭。

我想了想，丘吉尔是个大胖子，从我的实际生活经验来理解，叫大白的猫，一般都是胖子。于是我恍然大悟：一个胖子怎么好意思还大吃大喝呢？只有在另外一个胖子厚着脸皮大吃大喝的陪伴下，才好心安理得地大吃大喝啊。

所以我认为，大白猫就是丘吉尔的"胖子好友"，和大白猫在一起吃饭，他才能丢掉大吃大喝的愧疚。这就是这段故事的隐藏真相。

海明威还说过一句话："有一只猫就会带来另一只猫。"以友人和丘吉尔、海明威为镜子，我不得不警惕起来。也许海明威根本就没想过，自己会养那么多只猫。但是有了第一只，就会有第二只，你的人生、你的原则，就如同"千里之堤，溃于蚁穴"。

当然了，我是不会劝友人悬崖勒马的，因为他已经躺在悬崖下面了。要他舍弃他对那群猫的爱，他只会泪流满面地冲我来一句："臣妾做不到啊！"

再说回我自己养猫的心得。我时刻警惕，别让自己变成那种顶级猫奴。有几次，我小心地观察我的猫，发现它时不时地会找个机会溜出去，过段时间又回来。我发现，我的猫在外面沿着栏杆走，一路啃几口草，再顺着矮灌木转回来，嘴巴里叼着一条壁虎或半只金龟子什么的。

我平时对这只猫非常好，不止猫粮，鸡、鸭、鱼，甚至海鲜如大闸蟹，它都尝过，但它并没有失去觅食的能力。

从生物进化的角度看，猫没有完全被人类驯化，保留了一部分野性。锋利的爪子、敏锐的听觉、悄无声息的跳跃攀爬能力，让猫俨然如一头微型的老虎巡视自己的地盘，时刻准备着抓捕猎物。

懂温柔，但独立。它的软肋和肚皮，只对信任的人开放。可以与人相互取暖，但不会放弃尖牙利爪。

——这是我对猫情有独钟的原因。

温暖的理性

有个来自报纸的真实故事,我一直记忆深刻。

2005年8月22日上午,正在上班的李思俭接到传达室电话,说有一封"陕西来的信"。

李思俭疑惑了,因为她在那里没有一个亲友。她赶紧过去拿了那封挂号信,打开一看,娟秀的字体映入眼中:"李阿姨,您还记得9年前您捐出去的一件小棉袄吗?我就是穿那件棉袄的小孩王翠……"

李思俭想起来了。

那还是1996年,单位组织为贫困山区儿童捐助冬衣,她就拿出了儿子的那件豆绿色灯芯绒棉衣。想到旧棉衣要穿到一个山区孩子身上,李思俭陷入沉思:"这些孩子连棉衣都买不起,哪里会有钱上学呢?"

于是她在小棉袄的口袋里塞进一张小纸条。"孩子……"她这么写,"当你穿上这件棉衣,我们就相识了。如果你上学遇到了困难,请与我联系。"她写下了自己的地址和电话。

光阴流转,近10年过去。当年的小女孩长大了。李思俭也几乎忘记自己曾经捐出过这么一件小棉袄。

2005年王翠考上了东北农业大学,学费让这个贫困家庭被阴影笼罩……王翠想起了那张纸条,事隔多年,虽不抱太大希望,她还是写出了求助信。

近10年里,李思俭换了6个单位,经济状况也不太好,丈夫几年前下岗,儿子正在读大二,但她还是把刚刚得到的2000元奖金汇给了王翠。在汇款单附言上,她写道:"我会帮助你的,记住,永远不要对社会失去信心。"

"我的想法很简单——不管是9年、10年还是20年,做出承诺一定要兑现。"李思俭说。一个月后,王翠含泪走进了大学校园,还多了一个关心她的"妈妈"李思俭。

经过新闻报道,李思俭的事传开,感动了大家。更多人表示要给王翠增添一点爱的温暖。

故事到这里,已经感人肺腑。

但是,李思俭又做出了一个特别的举动:她反对大家负担起王翠念大学的全部费用,学费可以由爱心人士资助,但"生活费用应当由'女儿'勤工俭学来解决"。

"翠翠终归还是个孩子,更需要长辈们的指导,帮助她走好人生的每一步。"

我为之动容。

爱是人类最伟大的一种情感,但我也一直认为,爱分为两种。

一种是难以持续发展的。比如父母对孩子非理性的溺爱,甜如蜜,但爱你可能变成了害你;比如因一时热情而献出爱心,不管对方是否需要,是否受益……

一种是可持续发展的。比如李思俭的爱,它建立在帮助被爱的人获得独立成长的基础上。这爱悠远绵长,延续近10年,且不因外界的赞誉而变质,理性地帮助王翠学会自立,走好人生路。这种爱,从理性出发,更为深邃,越过岁月,呈现出黄金一般的珍贵厚重。

如果感到幸福就跺跺脚

那一年,青年德皮勒完成了全部学业,从州立大学毕业,做了一名教文学的老师。所以,从那时开始,我们应该叫他德皮勒老师。

揣摩着自己从最新的教育学书籍上学来的方法,德皮勒老师打算在自己的班上做教学实践。书是麦尔教授推荐的,应该不会错。麦尔教授是他大学选修心理学的主课教授,是一个有着短短白胡子的小老头。

还是有点紧张,嗯,先平静一下,看几眼墙上挂着的彩色人像和明丽风光。好了,开始了。

"如果感到幸福你就拍拍手。"德皮勒老师大声对所有人说,这种方法是要激发他们的想象力和敏感性,让他们学会表达。

孩子们纷纷举手,跟着德皮勒老师拍手。他们的面容,从僵硬呆板立刻变得鲜活生动。德皮勒老师激情高涨，他的视线，如手持摄像机镜头一样摇晃着，从一个学生跳跃到另一个学生，最后，定格在一个男孩脸上——他是那样的面无表情，也不拍手！

德皮勒老师又重复了一次，男孩依旧没有表情，也不拍手。

"你叫什么名字？"德皮勒老师开始冒火。

男孩抿紧了嘴唇，一声不吭，表情甚至有些愤怒。德皮勒老师又问了一次，他还是不说话。不过学生们却显得很奇怪，按照一般的情况，他的举动应该可以勾起大家的好奇。但是，所有的孩子都没有去关注这样一件事。只有一个学生轻轻地说："老师，他叫詹姆斯。"德皮勒老师深深吸了一口气，调整了情绪，继续上课。除去过去了的25分钟，下面的20分钟，仿佛几个小时一样漫长。德皮勒老师的情绪彻底败坏了，慢腾腾地布置了俄文题目"幸福"，然后说："请课代表下午收了作业之后送到我办公室。"

下课之后，詹姆斯被德皮勒老师叫到了办公室。德皮勒老师亲切地问："为什么不和大家合拍呢？下次不可以，知道吗？"

男孩的手揣在口袋里，低着头，沉默地点头。一直到他晃回教室，他的右手始终放在口袋里没拿出来。

德皮勒老师心想：嘿，我遇到了一个脾气倔强的孩子。

后来詹姆斯和一个男孩打架了。德皮勒老师赶过去的时候，争执似乎已经结束。詹姆斯全身都是乱糟糟的样子，站着不动，满脸通红。唯一不变的是，他仍把手揣在口袋里。

"你怎么了，詹姆斯？"

詹姆斯毫不理睬，转身跑掉了。德皮勒老师只好无可奈何地离开现场。

"詹姆斯的右手以前触过电，被切断啦！"有一个女生这么说，德皮勒老师的心猛然一惊。

晚上，德皮勒老师坐在房间里，一本一本地看交上来的作文，把封皮上写着"詹姆斯"的本子单独抽出来。

第二天，德皮勒老师仿佛什么都没发生过，平静地走上讲台，然后把作文本子发下去。直到那节课到了最后的五分钟，他说："我们重复一下昨天的游戏好不好？"

"好！"

"但是我们要稍微修改一下——如果感到幸福，你就跺跺脚。来，老师先带头！"

德皮勒老师带头跺起脚来，非常用力，左右两只脚一起动着，因为他的两腿似乎不一般长，所以看上去非常滑稽。

他们都是聪明而细心的孩子。一分钟后，教室里响起猛烈如暴风雨的跺脚声。其中，德皮勒老师听到最特别的一个声音，是詹姆斯发出的。詹姆斯那天跺脚的声音是最大的，并且眼睛里含着泪。

德皮勒老师给詹姆斯的作文打了一个99分，这对詹姆斯来说是第一次。分数后面还附加了一段话："为什么没有给你满分？是因为你因身体的不幸福，而拒绝了让自己的心去感受幸福。不知你是否注意到,你的德皮勒老师其实是一个被截去左脚的人,而那背后,也有老师的不幸故事。但是,他没有拒绝让自己的心去感受不幸之外的幸福。所以,他虽然选择成为一名平凡的文学老师,却仍然认真地、快乐地生活。"

是的,德皮勒老师是幸福的,他曾经治愈了自己内心的伤痕,现在,又治愈了一个小小的心灵。

图书在版编目(CIP)数据

借你一双翅膀去飞翔：沈嘉柯散文精选集 / 沈嘉柯著.—武汉：华中科技大学出版社，2022.1
（雪候鸟）
ISBN 978-7-5680-7687-6

Ⅰ.①借… Ⅱ.①沈… Ⅲ.①散文集—中国—当代 Ⅳ.①I267

中国版本图书馆CIP数据核字（2021）第232280号

借你一双翅膀去飞翔：沈嘉柯散文精选集　　　　　　　　　　沈嘉柯　著
Jie Ni Yishuang Chibang qu Feixiang：Shen Jiake Sanwen Jingxuanji

策划编辑：陈心玉	
责任编辑：肖诗言	
责任校对：阮　敏	
封面设计：三形三色	
责任监印：朱　玠	
出版发行：华中科技大学出版社（中国·武汉）	电话：（027）81321913
武汉市东湖新技术开发区华工科技园	邮编：430223
印　　刷：湖北新华印务有限公司	
开　　本：880mm×1230mm　1/32	
印　　张：7.75	
字　　数：148千字	
版　　次：2022年1月第1版第1次印刷	
定　　价：36.00元	

本书若有印装质量问题，请向出版社营销中心调换
全国免费服务热线：400-6679-118　　竭诚为您服务
版权所有　侵权必究